# DOCE NOCHES
# DE TENTACIÓN

## BARBARA DUNLOP

Editado por Harlequin Ibérica.
Una división de HarperCollins Ibérica, S.A.
Núñez de Balboa, 56
28001 Madrid

© 2017 Barbara Dunlop
© 2018 Harlequin Ibérica, una división de HarperCollins Ibérica, S.A.
Doce noches de tentación, n.º 153 - 17.5.18
Título original: Twelve Nights of Temptation
Publicada originalmente por Harlequin Enterprises, Ltd.

I.S.B.N.: 978-84-9188-090-5
Depósito legal: M-7152-2018
Impresión en CPI (Barcelona)
Fecha impresion para Argentina: 13.11.18
Distribuidor exclusivo para España: LOGISTA
Distribuidor para México: Distibuidora Intermex, S.A. de C.V.
Distribuidores para Argentina: Interior, DGP, S.A. Alvarado 2118.
Cap. Fed./Buenos Aires y Gran Buenos Aires, VACCARO HNOS.

# Capítulo Uno

Tasha Lowell se despertó sobresaltada porque alguien aporreaba la puerta de su dormitorio. Era medianoche en las dependencias del personal del puerto deportivo de Whiskey Bay y Tasha no llevaba ni una hora durmiendo.

–¿Tasha? –la voz de Matt Emerson, el dueño del puerto deportivo, le supuso un sobresalto añadido, ya que estaba soñando con él.

–¿Qué pasa? –gritó mientras se levantaba.

–El *Orca's Run* se ha averiado en Tyree, en Oregón.

–¿Qué ha sucedido? –preguntó mientras cruzaba la habitación descalza. Era una pregunta estúpida, ya que Matt Emerson, rico y urbanita, no distinguiría un inyector de un alternador.

Abrió la puerta y se encontró con el sujeto de lo que había sido un sueño muy erótico.

–El motor se ha parado. El capitán Johansson me ha dicho que han anclado en la bahía de Tyree.

Era una pésima noticia. Tasha llevaba solo dos semanas de mecánico jefe en el puerto deportivo y sabía que Matt había dudado a la hora de ascenderla. Estaba en su derecho de considerarla responsable de no haber detectado el fallo en el motor del yate.

–Lo revisé antes de que zarpara –Tasha sabía que aquel crucero era muy importante para la empresa.

El *Orca's Run* era el segundo yate más grande de la flota. Lo había alquilado Hans Reinstead, un influyente hombre de negocios de Múnich. Matt había invertido mucho esfuerzo y dinero para abrirse camino en el mercado europeo y Hans era uno de sus principales clientes. La familia Reinstead no podía tener un viaje decepcionante.

Tasha agarró una camisa roja y se la puso encima de la camiseta. Luego se puso unos pesados pantalones de trabajo. Matt la observaba. Ella se encasquetó una gorra. En ponerse los calcetines y las botas tardó treinta segundos. Estaba lista.

–¿Ya está? ¿Ya estás preparada? –preguntó él.

–Sí –contestó ella mirándose. Los objetos que las mujeres solían llevar en un bolso, ella los llevaba en los bolsillos de los pantalones.

–Entonces, vamos –dijo él sonriendo.

–¿Qué te hace gracia? –preguntó ella mientras echaba a andar a su lado.

–Nada.

–Te estás riendo –afirmó Tasha al tiempo que se encaminaban hacia el muelle.

–No.

–Te estás riendo de mí –¿tan mal aspecto tenía recién levantada?

–Sonrío, que no es lo mismo.

–Te resulto divertida –Tasha odiaba divertir a los demás. Quería que la gente, sobre todo los hombres, y especialmente su jefe, la tomasen en serio.

–Me ha impresionado tu eficacia.

Ella no supo qué responder. No le había parecido un comentario machista. Lo dejó correr.

Bajaron en fila india por la rampa de acceso a las embarcaciones.

—¿Cuál vamos a tomar? —preguntó ella.

—El *Monty's Pride*.

La respuesta sorprendió a Tasha. Era el yate más grande. Era evidente lo que Matt iba a hacer.

—¿Crees que tendrá que sustituir al *Orca's Run*? —ella prefería ser optimista y tomar el barco de reparaciones. El *Monty's Pride* consumiría una enorme cantidad de combustible para llegar a Tyree—. Es posible que pueda arreglarlo.

—¿Y si no es así?

—¿Qué te ha dicho el capitán?

—Que el motor se ha parado.

—¿De repente o fue disminuyendo de velocidad? ¿Ha habido algún ruido u olor raro? ¿Ha habido humo?

—No se lo he preguntado.

—Pues debieras haberlo hecho.

Matt la miró impaciente y ella se dio cuenta de que se había pasado de la raya. Al fin y al cabo, él era el jefe.

—Creo que ir en el *Monty's Pride* supondrá un enorme desperdicio de combustible. Ahorraremos dinero si puedo efectuar una reparación rápida. Tal vez podría hablar con el capitán.

—No vamos a intentar repararlo deprisa. Trasladaré a los pasajeros y la tripulación al *Monty's Pride* mientras tú te pones a repararlo. No quiero líos. La prioridad es el servicio a los pasajeros.

–Pues este nos va a salir muy caro.

–En efecto –afirmó él sin ninguna inflexión en la voz, por lo que ella no supo si estaba enfadado.

Deseó volver a su sueño. En él, estaban abrazados y él le acariciaba el cabello y la besaba.

Tasha se dijo que eso no estaba bien y que no era lo que ella quería.

–Quiero que Hans Reinstead vuelva contento a Alemania –prosiguió Matt–. Y que hable extasiado a sus socios y amigos del excelente servicio recibido, a pesar de que haya habido un problema. Que se resuelva en cinco minutos o en cinco horas es irrelevante. Han tenido una avería y los vamos a trasladar un yate aún mejor.

Aunque Matt estuviera dispuesto a aceptar el gasto económico en aras del buen servicio al cliente, si la avería se debía a algo que a ella se le había pasado por alto, sería un punto en su contra.

Se acercaron adonde estaba anclado el yate. Un miembro de la tripulación se hallaba a bordo y otro en el muelle, listo para soltar amarras.

Matt preguntó al que estaba en cubierta cuánto combustible llevaban mientras subía a bordo, seguido de Tasha.

–¿Está aquí mi caja de herramientas? –preguntó ella.

–En el almacén.

–Gracias –después, añadió dirigiéndose a Matt–: Podría tratarse simplemente de una correa.

–Estaría bien –contestó él mientras se encaminaban hacia el puente.

En cuanto entraron, llamó por radio.

–*Orca's Run*, aquí el *Monty's Pride*. ¿Me escucha, capitán?

Mientras tanto, Matt abrió una ventana y gritó que soltaran amarras.

–Adelante, *Orca's Run*.

Matt aceleró y se alejaron del muelle.


Matt sabía que se había arriesgado al utilizar el *Monty's Pride* en vez de el barco de reparaciones pero, hasta ese momento, parecía haber tomado la decisión correcta. Incluso Tasha se había visto obligada a reconocer que no era probable que se pudiera realizar una reparación rápida, tras haber hablado con el capitán Johansson, que le había tenido que explicar con todo detalle lo sucedido.

Matt estaba impresionado por la meticulosidad de Tasha. Al final, ella había llegado a la conclusión de que tendría que revisar el motor. Todavía faltaban tres horas, tras dos de navegación, para llegar a Tyree.

–Ve a acostarte un rato –dijo Matt.

Parecía cansada y no tenía sentido que se quedaran los dos despiertos toda la noche.

–Estoy bien.

–No tienes que hacerme compañía.

–Ni tú que mimarme.

–No tienes que demostrar nada, Tasha –Matt sabía que se enorgullecía de su trabajo y que estaba decidida a hacerlo bien después del ascenso. Pero no dormir no era uno de los requisitos de su empleo.

–No intento hacerlo. ¿Has dormido algo? ¿Quieres acostarte?

–Estoy bien.

Matt sabía que ella era capaz de pilotar el barco, pero no quería dejarle todo el trabajo.

–No hace falta que nos quedemos los dos levantados –añadió Tasha.

–Mi cita acabó pronto y he podido dormir algo –observó él.

Desde que se había divorciado, Matt y su amigo, T.J. Bauer rivalizaban a la hora de salir y conocer a gente nueva en Olympia, la ciudad más cercana a Whiskey Bay. Matt había salido con algunas mujeres, pero con ninguna había saltado la chispa. Con la de aquella noche, tampoco.

–No tienes que contarme nada de tus citas –comentó Tasha.

–No hay nada que contar.

–Pues qué pena –dijo ella en tono desenvuelto–. Nos ayudaría a matar el tiempo.

–Lo siento. Ojalá pudiera entretenerte mejor. ¿Y tú? –sentía curiosidad por la vida amorosa de Tasha. ¿Tenía novio? ¿Salía con chicos? En el puerto, solo la veía como una competente empleada–. ¿Sales?

–¿Adónde?

–Con alguien, a cenar, a bailar…

Ella se echó a reír.

–¿Eso quiere decir que no lo haces?

–Exacto.

–¿Por qué? –la curiosidad de Matt había aumentado. Era una mujer preciosa, a pesar de la ropa de trabajo con la que siempre la veía.

–¿A qué viene este interrogatorio? –preguntó ella.

–Puesto que la historia de mis citas no va a distraernos, creí que tal vez lo hiciera la de las tuyas –dijo él al tiempo que le examinaba el rostro con atención.

Tenía unos hermosos ojos verde esmeralda, gruesas pestañas, pómulos altos, nariz estrecha y delicada y unos labios rojos como el coral, el inferior más carnoso que el superior.

Sintió ganas de besárselos.

–No hay nada que contar –la voz de ella le hizo volver a la realidad.

–Supongo que a veces te arreglarás.

–Prefiero centrarme en el trabajo.

–¿Por qué?

–Me resulta satisfactorio.

Su respuesta no le pareció sincera. Él era dueño de la empresa, pero tenía tiempo para salir.

–Yo salgo y tengo citas, a pesar de que trabajo.

–Por supuesto que las tienes –dijo ella recorriendo su cuerpo de arriba abajo con un gesto de la mano–. Un hombre como tú, ¿cómo no va a tenerlas?

–¿Un hombre como yo? –Matt no entendía lo que quería decirle.

–Guapo, rico: un buen partido.

–¿Guapo? –preguntó él sorprendido.

–No soy yo la que lo cree, Matt, sino el mundo entero. No finjas que no te lo han dicho.

Él nunca había hecho mucho caso de su aspecto. Se consideraba del montón. Lo de la riqueza también era discutible. No tenía dinero suficiente

para complacer a su exesposa. Y, después del costo-
so divorcio, aún menos. Tendría que trabajar duro
el año siguiente para recuperar su cómoda situación financiera anterior.

–Tú eres inteligente, trabajadora y guapa –afirmó él–. Deberías tener citas –muchas cosas de ella
lo cautivaban. Era curioso que no se hubiera dado
cuenta hasta entonces–. Deslumbrarías a los hombres con tu inteligencia y tu capacidad de trabajo.

–¿Por qué no lo dejamos? Soy mecánico de barcos y quiero que se me tome en serio.

–¿No puedes hacer las dos cosas?

–Mi experiencia me indica que no –se levantó
de la silla en la que estaba sentada.

–¿Qué haces? –no quería que se fuera.

–Seguir tu consejo: voy a acostarme.

–No pretendía echarte.

–No lo has hecho.

–No tenemos que hablar de citas.

–Tendré trabajo cuando lleguemos.

–Tienes razón. A ver si duermes un poco.

Cuando ella se hubo marchado, Matt consideró
las consecuencias de sentirse atraído por una empleada. No debía intentar nada con ella. Después
se rio de sí mismo, ya que ella no le había dado pie
a nada, salvo por haberle dicho que pensaba que
era guapo.

Ella pensaba que era guapo.

Mientras seguía navegando, Matt sonrió.

***

El problema de Tasha no era salir en general, sino la idea de hacerlo con Matt. No era su tipo. Había salido con hombres como él: capaces, seguros de sí mismos y de tener el mundo a sus pies. Sin embargo, no podía dejar de soñar con él.

Habían llegado a Tyree y subido al *Orca's Run* poco después de amanecer. Matt había saludado a la familia y se había disculpado por el retraso sufrido a causa de la avería, además de ofrecerles el *Monty's Pride* como sustituto, un yate más grande y veloz con el que rápidamente recuperarían el tiempo perdido. Los clientes aceptaron encantados.

Tasha se había mantenido en segundo plano y se había concentrado en el motor de la nave. Tardó más de una hora en descubrir que el problema residía en el filtro separador de agua y combustible. Y, por una increíble coincidencia, el piloto que indicaba que había agua en el combustible tampoco funcionaba. En caso contrario, le hubiera indicado que el filtro estaba lleno y que dejaba el motor sin combustible. Que las dos cosas hubieran sucedido a la vez era muy extraño.

Matt había ido en la motora al pueblo a por las piezas de repuesto que necesitaba. A mediodía, Tasha ya había cambiado el filtro separador de agua. Mientras trabajaba, hizo una lista de quiénes tenían acceso al *Orca's Run*: casi todo el personal del puerto deportivo de Whiskey Bay, aunque la mayoría no sabía nada de motores. Había un par de mecánicos a quienes se contrataba de vez en cuando e innumerables clientes. Pensó que alguien podía haber estropeado el motor adrede.

Pero ¿quién?, ¿por qué?

Mientras trabajaba se había manchado de gasolina, por lo que utilizó la ducha del personal para lavarse y tomó un uniforme de azafata de un armario. Después de haberse vestido, subió al camarote principal. Se sorprendió al comprobar que el barco no había zarpado.

–¿Hay algo más que no funcione? –le preguntó a Matt, que se hallaba en la cocina en vez de al timón. La tripulación se había quedado en el *Monty's Pride,* puesto que, al ser más grande, necesitaba más personal. Además, Matt y Tasha podían pilotar el *Orca's Run* para volver.

–No, todo está bien. ¿Tienes hambre? –preguntó él mientras ponía una sartén al fuego.

–Mucha.

–¿Quieres café?

–Sí.

–Parece que todo el mundo se ha quedado contento con el *Monty's Pride* –afirmó Matt mientras sacaba dos tazas de un armario y servía el café.

–Tenías razón. Traerlo hasta aquí ha sido buena idea. Si quieres que zarpemos, puedo cocinar yo. Lamento haber discutido contigo.

–Debes decir siempre lo que piensas.

–Pero también escuchar. A veces, me obsesiono con una idea.

–Tienes capacidad de convicción, lo cual no es malo. Además, hace que las conversaciones sean interesantes –le dio una taza y ella tomó un sorbo de café, sin saber qué contestarle.

Los ojos azules de él eran oscuros pero cálidos,

y su rostro era increíblemente bello, de mandíbula cuadrada, nariz recta y labios carnosos, dignos de ser besados.

De su cuerpo parecían emerger oleadas de energía que la bañaban. Era desconcertante, y ella se movió para aumentar la distancia entre ambos.

–Las posibilidades de que el filtro separador de agua y el piloto indicador se estropeen al mismo tiempo son muy escasas.

–¿Y? –preguntó él con el ceño fruncido–. ¿Sugieres que alguien los ha estropeado a propósito?

–No –dicho en voz alta parecía menos plausible que en su cerebro–. Lo que digo es que es una extraña coincidencia y que estoy teniendo mala suerte.

–Lo has arreglado y has hecho un buen trabajo, Tasha.

–No ha sido tan complicado.

Se miraron a los ojos y se quedaron en silencio. Ella volvió a recordar sus sueños y se sonrojó.

Él dio un paso hacia ella. Y después otro y otro más. Para sí, ella le gritó que se detuviera, pero no emitió sonido alguno. En realidad, no quería que se detuviera. Ya casi sentía sus brazos en torno a ella.

De pronto, se oyó un trueno. Se alzó una ola y ella intento agarrarse a la encimera, pero falló y fue a chocar contra el pecho de Matt. Él la abrazó inmediatamente para equilibrarla. Ella trató de no prestar atención al deseo que le nublaba la mente.

–Perdona.

–El tiempo está empeorando –dijo él.

–No iremos a… –ella no pudo acabar la frase al mirar sus ojos azules, tan cerca de los de ella.

–Tasha –susurró él. Bajó la cabeza lentamente y rozó los labios de ella con los suyos, después la besó con firmeza.

Tasha se sintió invadida por una oleada de placer. Se agarró a sus hombros. La parte racional de su cerebro le indicaba que se detuviera, pero ya no era capaz de hacerlo. Le daba igual todo, salvo aquel beso maravilloso.

Fue Matt quien se apartó primero. Parecía tan deslumbrado como ella se sentía.

–Yo… –negó levemente con la cabeza–. No sé qué decir.

Ella retrocedió. Tampoco sabía qué decir.

–No intentes decir nada. Solo es algo… que… ha pasado.

–Ha estado bien –afirmó él.

–Ha sido un error.

–No ha sido algo intencionado.

–Será mejor que nos vayamos –contestó ella, deseosa de hallar otro tema de conversación. Lo único que le faltaba era ponerse a diseccionar aquel beso, reconocer el impacto que le había causado y que Matt supiera que lo veía como a un hombre, más que como a su jefe.

No podía ser. En su relación con él, ella no era una mujer, sino un mecánico.

–No vamos a ir a ningún sitio –Matt señaló la ventana, por la que se veía caer la lluvia. Después se dirigió a la radio, para que le informaran de la previsión meteorológica.

–Podemos comer algo. Parece que esto va a durar –comentó.

# *Capítulo Dos*

Mientras esperaba a que pasara la tormenta, Matt se quedó dormido en el comedor. Cuando, cuatro horas después, se despertó, Tasha no estaba, por lo que fue a buscarla.

El yate cabeceaba impulsado por olas enormes y la lluvia repiqueteaba contra las ventanas. Al no verla en cubierta, Matt bajó a la sala de máquinas. Allí estaba, trabajando en el generador.

–¿Qué haces? –la presencia de Tasha hizo que recordara el beso que se habían dado. Se sentía culpable porque era su jefe y las cosas se le habían ido de las manos, pero, por otro lado, había sido un beso tan maravilloso que deseaba repetirlo.

–Mantenimiento –contestó ella sin volverse–. Estoy inspeccionando la instalación eléctrica y las conexiones de las baterías. Había que limpiar algunas. Y he cambiado el filtro del aceite.

–Creí que te acostarías.

–He dormido un rato –dijo ella volviéndose, por fin, para mirarlo.

Una mujer no debería parecer sexy con una llave inglesa en la mano y una mancha de aceite en la mejilla, pero ella lo estaba. Matt deseaba hacerle muchas cosas más que besarla. Desechó tales pensamientos.

–Yo, en tu lugar, hubiera inspeccionado el mueble bar.

–Es una suerte que tus empleados no sean como tú –afirmó ella sonriendo levemente.

–En efecto, pero hay un coñac muy bueno, perfecto para una tarde lluviosa.

Ella no contestó y siguió trabajando. Él la contempló durante unos minutos.

–¿Tratas de impresionarme? –preguntó por fin.

–Sí.

–Pues lo has conseguido, pero deja de trabajar, porque haces que me sienta culpable.

–No es mi intención –comentó ella volviendo a mirarlo–. Hay que realizar el mantenimiento. Y puesto que yo estaba aquí…

–¿Siempre eres así? ¿Tan extremadamente diligente?

–Lo dices como si fuera algo malo.

Él se le acercó. No quería ni debía mencionar el beso, aunque tenía muchas ganas de hacerlo. ¿Qué sentía ella? ¿Estaba enfadada? ¿Cabía la posibilidad de que deseara repetir?

–Me pone nervioso.

–Pues te pones nervioso con mucha facilidad.

–Estoy tratando de entenderte –afirmó él, sonriendo.

–Eso es una pérdida de tiempo.

–Soy consciente de que no te conozco bien.

–Es que no tienes que conocerme, sino limitarte a pagarme a final de mes.

Eso era una clara indicación de que él era su jefe, nada más. Se tragó su desilusión.

–Son más de las cinco –dijo él, quitándole la llave inglesa y comportándose como su jefe–. Y es sábado, por lo que tu trabajo ha terminado. Sus dedos se rozaron. Ella intentó que soltara la herramienta.

–Suéltala.

–Es hora de acabar.

–En serio, Matt, todavía no he terminado.

Él agarró su mano y se acercó más a ella. Se miraron a los ojos. Ella lo agarró del brazo con la mano libre.

–No podemos hacerlo, Matt.

–Lo sé.

–Suéltame.

–Quiero volver a besarte.

–No es buena idea.

–Tienes razón.

–Tenemos que mantener una relación sencilla y directa. Eres mi jefe.

–¿Es esa la única razón? –preguntó él con curiosidad.

–No soy de esa clase de mujeres.

–¿De las que besan a los hombres? –preguntó él, tomándoselo a broma, aunque sabía que ella lo había dicho en serio.

–De las que besan a su jefe o a un compañero de trabajo mientras trabajan en la sala de máquinas y están cubiertas de grasa. Así que, suéltame.

Él no quería hacerlo, pero no tenía otro remedio. Ella dejó la llave inglesa y agarró un destornillador para, a continuación, colocar la tapa del generador en su sitio.

–Parece que la tormenta se está alejando –comentó Matt. Era su jefe, desde luego, lo que suponía una complicación. Pero quería conocerla. Apenas había arañado la superficie y lo que había visto le gustaba mucho.

Habían llegado al puerto deportivo a última hora de la tarde. Tasha se había pasado la noche y parte del día siguiente intentando borrar el recuerdo del beso de Matt, sin conseguirlo. Ni siquiera sabía cómo se sentía. Matt era un hombre muy guapo y muy buen conversador y podía tener las mujeres que quisiera. ¿Por qué iba a fijarse en ella?

Tal vez si hubiera seguido los consejos de su madre y se comportara y vistiera como una mujer y tuviera otro trabajo sería lógico que Matt se interesara por ella. Le recordaba a los hombres que había conocido en Boston, los que salían con sus hermanas. Todos ellos querían mujeres que fueran muy femeninas, por lo que Tasha les resultaba divertida, ya que no encajaba en ningún sitio. Por eso se había marchado. Y, ahora, Matt la confundía.

Aquella tarde se había buscado una tarea que la distrajera.

Desde que la habían ascendido, tenía que buscar a alguien que la sustituyera en su puesto anterior. Matt contrataba a mecánicos cuando los necesitaba, pero un solo mecánico fijo era insuficiente para el trabajo en Whiskey Bay. Matt poseía veinticuatro barcos, la mayoría de ellos para alquilar y realizar cruceros.

El dinero era un problema para él, sobre todo después de haberse divorciado. Por eso, era muy importante que los yates estuvieran en buenas condiciones para aumentar el número de alquileres.

Tasha se hallaba en una oficina vacía del edificio principal del puerto deportivo. Sentada a un escritorio de madera, con una silla enfrente, había entrevistado a cuatro personas que pretendían cubrir el puesto de mecánico. Las dos primeras no tenían el título de mecánico de barcos. La tercera le había parecido muy arrogante y no creía que encajara en Whiskey Bay. La cuarta, una mujer, había llegado con cinco minutos de retraso, lo cual no era un comienzo prometedor.

–Le pido disculpas –dijo al entrar a toda prisa en la oficina.

–¿Alex Dumont? –preguntó Tasha al tiempo que se levantaba.

–Sí –contestó la mujer tendiéndole la mano.

Tasha se la estrechó mientras se reía para sus adentros por haber supuesto que Alex era un hombre.

–Alexandria –explicó ella con ojos risueños.

–No debería deducir el sexo de nadie por el nombre –observó Tasha.

–Me pasa tan a menudo que ya ni me doy cuenta.

–Siéntate, por favor.

–Al menos, Tasha es un nombre que no induce a error –Alex se sentó–. Aunque estoy segura de que te han descartado muchas veces antes de conocerte.

–No sé qué es peor –comentó Tasha.

–Yo prefiero sorprender. Por eso me acorté el nombre. Aunque debo reconocer que es la primera vez que me entrevista una mujer.

Alex era alta, rubia, con pecas y una bonita sonrisa. Parecía más joven de los veinticinco años que indicaba su currículo.

–¿Te vas a trasladar de Chicago? –preguntó Tasha mientras lo consultaba.

–Me mudé hace tres semanas.

–¿Por alguna razón concreta?

–Porque me encanta la Costa Oeste y porque quería separarme de mi familia.

–¿No están de acuerdo con la profesión que has elegido?

–Todo lo contrario –Alex rio–. Mi padre y mis dos hermanos son mecánicos, pero no me dejaban en paz.

–¿Trabajabas con ellos?

–Al principio, sí. Después busqué trabajo en otra empresa, pero no sirvió de nada, ya que me interrogaban todas las noches y me aconsejaban sobre las reparaciones que estuviera realizando.

–¿Vivías con ellos?

–No.

–Yo me crie en Boston –explicó Tasha–. Mis padres querían que me buscara un médico o un abogado para casarme, en vez de dedicarme a esto, aunque supongo que hubieran aceptado que fuera pintora o bailarina.

–¿Tienes hermanos?

–Dos hermanas, ambas casadas con abogados –Tasha no quería hablar de su familia. Hacía mucho que no hablaba con ellos. Se centró de nuevo en el currículo de Alex–. Veo que has trabajado con motores a gas y motores diesel. Y estudiaste Formación Profesional en Riverside.

–Así es. Terminé hace cuatro años. Te puedo traer una copia del título, si lo necesitas.

–No hace falta. Me interesa más tu experiencia reciente. ¿Cuánto tiempo te has dedicado a reparar motores de gasolina frente a motores diesel?

–Yo diría que un setenta y cinco por ciento de los motores han sido de gasolina y un veinticinco de diesel.

A Tasha cada vez le caía mejor Alex.

–¿Cuándo puedes empezar?

–¿Puedes darme unos días para deshacer las maletas e instalarme? –preguntó Alex sonriendo.

–Por supuesto.

Las dos se levantaron.

–Entonces, cuenta conmigo.

Se estrecharon la mano. Tasha estaba contenta de tener a otra mujer en la empresa.

–Bienvenida a bordo.

Alex se marchó, pero Tasha seguía sonriendo cuando entró Matt.

–¿Qué te pasa? –preguntó él–. Estás sonriendo.

Ella dejó de hacerlo de inmediato.

–Estoy contenta.

–¿Por?

–Porque me encanta mi trabajo.

—Esperaba que fuera por verme.

—Matt… —dijo ella en tono de advertencia.

—¿Es que vamos a hacer como si no hubiera sucedido?

—Sí —dijo ella cerrando la puerta del despacho para que nadie pudiera oírlos.

—No voy a fingir. Te he echado de menos.

—Pues aquí estoy.

—Dispuesta a hablar únicamente de trabajo.

—Sí.

—Muy bien —dijo él, después de unos segundos de silencio—. Lo acepto. A propósito, ¿quién era esa mujer que salía?

—Alex Dumont, nuestro nuevo mecánico. Sabías que iba a contratar a alguien.

—Sí, pero…

Tasha suspiró. No era la primera vez que presenciaba esa reacción.

—Pero es una mujer.

—No es lo que iba a decir. Solo me ha sorprendido.

—¿Qué no tuviera mucha testosterona?

—Tú te lo dices todo.

—Es que no hay más que verte la expresión del rostro.

Matt fue a contestarle, pero se lo pensó mejor. Se miraron a los ojos. Los de él ardían y ella percibió la corriente de deseo que se había establecido entre ambos.

—Lo siento desde aquí —dijo él como si le hubiera leído el pensamiento.

—Tenemos que ignorarlo.

–¿Por qué?

–Porque sí, Matt.

Se produjo un largo silencio.

–Tengo una cita el sábado por la noche –dijo él, por fin.

–No me digas –bromeó ella, a pesar de la punzada de dolor que había sentido.

–No salgo mucho.

–No me he fijado.

No era verdad. Desde las dependencias del personal, lo había visto salir de su casa, situada en el acantilado, muchas veces, elegantemente vestido. Y a menudo se preguntaba adónde iría, con quién y a qué hora volvería. Y también le había visto llevar mujeres a su casa. Solían cenar en la terraza, a la luz de las velas.

Claro que se había fijado. Pero no iba a reconocerlo.

Así que el sábado por la noche, Matt había elegido a una tal Emilie y la había llevado a su casa para cenar un *rissotto* preparado por un chef de la localidad. Estaban cenando en la terraza del salón, a la luz de la velas y de la luna llena.

Emilie dirigía una inmobiliaria y era inteligente y divertida. Flirteaba con él y era evidente que esperaba que la noche acabara de forma romántica.

Sin embargo, Matt no dejaba de mirar el muelle, los yates y el edificio de oficinas. Por fin, Tasha apareció y se dirigió a las dependencias del personal. Los trabajadores más jóvenes y solteros, sobre todo los que se habían trasladado a Whiskey Bay para trabajar en el puerto deportivo, se alojaban allí gratis, aunque las habitaciones eran pequeñas y muy básicas.

Matt consultó su reloj. Eran las diez. Para Tasha, era tarde.

–Matt, te he preguntado si son todos tuyos –dijo Emilie.

–¿Todos?

–Los barcos. ¿Tantos tienes?

–Sí. Empecé con tres hace diez años. Las cosas me fueron muy bien y fui ampliando la flota.

Volvió a mirar el muelle, pero Tasha había desaparecido. Se dijo que no importaba, ya que pronto la volvería a ver. Hacía días que no se encontraban. Buscaría una excusa para hablar con ella al día siguiente.

–Ese es enorme –afirmó Emilie señalando uno.

–El *Monty's Pride* es el más grande que poseo.

–¿Puedo verlo por dentro? ¿Me lo enseñas?

Antes de que Matt pudiera contestarle, llamaron a la puerta.

–¿Esperas a alguien? –preguntó Emily, algo molesta por la interrupción.

Caleb Watford y T.J. Bauer, los amigos de Matt, eran los únicos que habitualmente lo visitaban. Pero entraban sin llamar. Como mucho, lo llamaban desde la entrada.

–Enseguida vuelvo –dijo Matt levantándose.

Volvieron a llamar y él abrió la puerta.

Tasha estaba en el porche, vestida con su ropa de trabajo. La reacción inicial de Matt fue de júbilo. Quiso que entrara y que se quedara un rato.

–¿Qué pasa? –preguntó al tiempo que recordaba que debía mantenerse a distancia de ella.

–Es el *Pacific Wind*. Tengo un presentimiento y estoy preocupada.

Él se echó a un lado y le hizo un gesto para que entrara. Ella se miró las botas.

–No te preocupes. Me vienen a limpiar la casa.

–Se ha roto un cable en el sistema de dirección.

–¿Es grave?

Era la primera vez que ella entraba en su casa y se preguntó si le gustaría. No le interesaba la opinión de Emilie, pero sí la de Tasha.

–No, ya lo he arreglado.

–Muy bien –se atrevió a esperar que aquella fuera una visita personal disfrazada de visita de trabajo.

–¿Matt? –les llegó la voz de Emilie.

–Un momento –contestó él.

–Estás ocupado, claro. No me había dado cuenta –consultó su reloj–. Hoy es sábado, ¿verdad?

–Matt, cariño –Emily apareció detrás de él.

¿Lo había llamado «cariño»? ¿Después de una única cita que ni siquiera había terminado?

–¿Quién es? –preguntó Emilie en tono desdeñoso, después de mirar a Tasha de arriba abajo. Esa actitud de superioridad molestó a Matt.

–Te presento a Tasha.

–Trabajo en el puerto de mecánico.

Tasha no parecía ni remotamente enojada por la condescendencia de Emilie.

–¿Se trata de una emergencia? –preguntó esta al tiempo que tomaba a Matt del brazo.

–Sí –dijo Matt antes de que Tasha pudiera responder–. Es una emergencia. Me temo que vamos a tener que dejar la cita para otro día –no supo cuál de las dos parecía más sorprendida–. Voy a pedirte a un taxi –añadió sacando el móvil y escribiendo un mensaje.

–Pero…

–Estará aquí dentro de tres minutos. Voy a por tu abrigo –volvió rápidamente con el abrigo y el bolso de Emilie. Tasha no había abierto la boca.

–No me importa esperar –apuntó Emilie con voz quejumbrosa.

–Pero no voy a pedirte que lo hagas. Puede tardar mucho en solucionarse. Es complicado.

–Matt, puedo… –dijo Tasha.

–No, no –la interrumpió él–. Es importante –tal vez no fuera una situación crítica, pero era la primera vez que Tasha iba a buscarlo fuera del horario laboral.

–Entonces, ¿eres mecánico? –preguntó Emilie a Tasha.

–Mecánico de barcos.

–¿Así que te llenas de grasa?

–A veces.

–¡Qué horror! –Emilie se estremeció.

–Emilie… –Matt se dirigió a ella en tono de advertencia.

–¿Qué? Es raro.

–No es habitual –intervino Tasha–. Pero un quince por ciento de los oficios relacionados con la mecánica los desempeñan mujeres, porcentaje que sube si son menores de treinta y cinco años.

Emilie no supo qué contestar y el teléfono de Matt lanzó un pitido.

–Ha llegado el taxi –dijo él conduciéndola a la puerta. Se quedó observándola hasta que se montó en el vehículo y se marcho.

–No tenías que haberlo hecho –dijo Tasha cuando Matt hubo cerrado la puerta.

–Las cosas no estaban yendo bien. Cuéntame qué pasa –le indicó con la mano que pasara al salón.

Ella se agachó para quitarse las botas.

–La alfombra es blanca –dijo mientras se las quitaba. Llevaba gruesos calcetines de lana. Matt sonrió sin saber por qué.

–¿Te apetece tomar algo?

–No –dijo ella mientras se dirigían al salón.

–He abierto una botella de *pinot noir* que no me voy a acabar yo solo.

–No he venido a tomar nada –aseguró ella mientras observaba los muebles y la chimenea. Vaciló antes de sentarse.

–Aquí –Matt señaló las sillas del comedor, que eran de madera oscura, por si a ella le preocupaba ensuciarlas.

Mientras ella se sentaba, salió a la terraza a por la botella de vino y, después, fue a por dos copas. Se sentó frente a ella y sirvió el vino.

–No bebo cuando trabajo –dijo ella.

–Son las diez de la noche de un sábado.

–¿Y?

–Ya has terminado de trabajar.

–Entonces, ¿no vas a pagarme?

–Te pagaré lo que quieras. Haces un montón de horas extra.

–Lo cual te viene muy bien.

–Te aumentaré el sueldo –afirmó al tiempo que le tendía una de las copas.

–Ja, ja –se burló ella.

–Toma.

Ella agarró la copa, pero la dejó en la mesa.

–Te lo subiré un veinte por ciento.

–No puedes hacer eso.

–Claro que puedo. Brindemos por ello.

–He venido a decirte que tal vez haya cometido un grave error.

# Capítulo Tres

Tasha tomó un sorbo de vino de mala gana y en seguida se dio cuenta de que era excelente.

–Tienes buen gusto para el vino.

–Me alegro de que sea de tu agrado –dijo él sonriendo.

Tasha miró la etiqueta y el año.

–¿Lo conoces? –preguntó él, sorprendido.

–¿Acaso un mecánico no puede apreciar un buen vino?

–Claro que sí.

Era molesto que la voz profunda de Matt resonara en su interior. Parecía que Tasha no tenía defensas contra él. Dejó la copa y se dijo que estaba allí por motivos de trabajo.

–¿He dicho algo que no debía? –preguntó él al ver la expresión de su rostro.

–No. He venido a decirte que el *Pacific Wind* se ha averiado cerca de Granite Point.

–¿Otra avería?

–Ya te he dicho que se había roto un cable.

–Pero que lo habías arreglado. Bien hecho.

–No debería haber sucedido. Lo había revisado la semana pasada. Debí de pasar algo por alto.

–¿Por qué te sientes responsable tan deprisa? Se ha averiado después de que lo revisaras.

–La secuencia de los acontecimientos carece de lógica. No debería haberse partido de repente. El desgaste debería haber resultado evidente cuando lo examiné. Tiene que haber habido algo que no se veía, un material defectuoso tal vez, que haya hecho que se parta. O… –Tasha titubeó.

–¿O qué?

–Que alguien lo haya roto. Sé que suena excesivo y que parece que estoy tratando de justificar mi incompetencia, pero resulta que hablé con nuestros proveedores de combustible en cuanto volvimos de Tyree y me dijeron que hemos sido los únicos clientes en tener un problema con el agua. Y ninguno de los otros yates se ha visto afectado, solo el *Orca's Run*. ¿Cómo se explica eso? ¿Cómo entró agua solo en uno de los sistemas de combustible? –Tasha tomó otro sorbo de vino.

–¿Puedes explicarte mejor?

Ella asintió, agradecida de poder desarrollar su hipótesis y encontrarle defectos.

–Solo se trata de una posibilidad. Es probable que alguien echara agua al combustible y estropeara la bomba. Y que hiciera un corte en el cable.

–Pero ¿por qué?

–¿Tienes enemigos?

–No, que yo sepa.

–¿Algún competidor, tal vez?

–¡Vaya!

–¿Vaya, qué? ¿Crees que alguien maniobra en secreto contra ti?

–No. Estaba pensando que la sobremesa es mucho más interesante contigo que con Emilie.

–Entonces, ¿crees que mi teoría es rocambolesca?

–En absoluto. Puede que estés en lo cierto. Tenemos que investigar. Es emocionante.

–¿Te parece emocionante que alguien esté dañando los barcos y minando la reputación de tu empresa?

–No –contestó él volviendo a llenar las copas–. Lo emocionante es la investigación. Y, de momento, no se han producido daños graves ni permanentes. Parecen más bien travesuras que otra cosa. Además, ¿nunca has querido ser detective?

–No –jamás se le había pasado por la imaginación. No entendía la jovial actitud de su jefe. No había ningún aspecto positivo en aquella situación.

–¿Me ayudarás?

–Es mi trabajo –contestó ella al tiempo que intentaba no excitarse ante la posibilidad de trabajar juntos. Lo que debería hacer era alejarse de él.

–Debemos comenzar por elaborar una lista de sospechosos. ¿Quién tiene acceso a los motores?

–Además de mí, los mecánicos que contratamos en Dean's Repairs y Corner Service. Y, a partir de ahora, Alex, que aún no estaba aquí cuando tuvimos el problema con el *Orca's Run*.

–¿Había llegado ya a Whiskey Bay?

–Sí, pero… ¿No estarás pensando que es una espía?

–No pienso nada, solo expongo los hechos.

Tasha no quería sospechar de Alex, pero estaba de acuerdo con el planteamiento de Matt.

–Al menos, a ti podemos excluirte –afirmó él haciendo una mueca.

—Y a ti también.

—Y del resto del personal, ¿a quién podemos excluir?

—¿Podemos conseguir una lista con las horas que ha trabajado cada empleado en las dos últimas semanas?

—Fácilmente.

—¿Y qué hay de tus competidores?

—Supongo que pueden tener motivos económicos. Sin embargo, conozco a la mayoría de los de la zona y no me imagino a ninguno haciendo algo así.

—Puede que no lo hayan hecho y que, simplemente, se trate de un error mío.

—¿Lo crees de verdad?

—Nadie es perfecto —Tasha sabía que su negligencia podía explicar la rotura del cable, pero el agua en el combustible del *Orca's Run* era otra historia. Era mucho menos probable que ella fuera la responsable.

Matt la observó atentamente.

—Tasha, tu expresión me indica que sabes que no es culpa tuya.

—No estoy segura al cien por cien.

—Yo sí —afirmó él agarrándole la mano.

Se miraron a los ojos y pareció que la temperatura del salón aumentaba. Tasha sintió que una ola de calor le subía por el brazo y estallaba en forma de deseo en su pecho.

—Tengo que irme —dijo al tiempo que se levantaba de un salto.

Él la imitó sin soltarla de la mano. Le miró los

labios. A ella le cosquillearon y supo que tenía que irse inmediatamente. Pero avanzó hacia él, en vez de retroceder, y entrelazó los dedos de su mano libre con los de la de él.

–Tasha… –susurró Matt.

Ella cerró los ojos, se inclinó hacia él y alzó la cabeza. A pesar de no tener mucha experiencia, sabía que le estaba pidiendo que la besara.

Y él no la defraudó.

Su beso fue tierno, suave y vacilante. Fue ella la que lo apretó con fuerza, la que entreabrió los labios y la que liberó sus manos para rodearle el cuello con los brazos.

Él gimió suavemente y la abrazó, apretándola contra su cuerpo. Tasha sintió que los pezones se le endurecían ante el contacto y el calor de su cuerpo. Deseó con desesperación sentir la piel de él contra la suya. Pero todavía conservaba el suficiente juicio como para detenerse.

No iría más allá del beso.

Se separó de él contra su voluntad y lo miró a los ojos.

–Eres increíble –afirmó Matt.

–No podemos hacerlo –dijo ella mientras, en su interior, se mezclaban el arrepentimiento y los reproches.

–Pero lo hacemos.

–Sabes a qué me refiero.

–¿Quieres decir que no debiéramos hacerlo?

–Eso, no podemos. Ayúdame, por favor, Matt –retrocedió para que hubiera cierta distancia entre ellos.

–Me pides demasiado –afirmo él, suspirando exageradamente.

–Me gusta esto –dijo ella.

Él miró el salón, que sobresalía del acantilado y tenía una vista maravillosa de la bahía.

–Me alegro.

–No me refiero a la casa –lo corrigió ella.

–¿No te gusta mi casa?

–Claro que sí. Lo que quiero decir es que me gusta trabajar en Whiskey Bay. No querría tener que marcharme.

Él la miró con expresión de incredulidad.

Ella dio marcha atrás al pensar que había ido demasiado lejos.

–No estoy pensando que quieras tener una aventura conmigo.

–Eso no es lo que yo…

–Pero es difícil para una mujer que trabaja de mecánico que la tomen en serio. Quiero separar por completo mi vida profesional de mi vida personal.

–Es lo que queremos todos, hasta que sucede algo que nos hace desear otra cosa.

–Me temo que te he inducido a error –Tasha quería que aquella conversación terminara.

–A lo único que me has inducido es a creer que te atraigo.

Ella quiso protestar, pero no iba a mentir.

–A eso y a que piensas que la empresa está siendo víctima de un sabotaje.

–Al menos es una posibilidad que hay que considerar.

34

–Como me fío de tu juicio, vamos a investigar.

Ella suspiró aliviada. Volvían a pisar terreno firme. A partir de aquel momento, su misión consistiría en trabajar con Matt, no en jugar con él.


Matt no conseguía concentrarse en el trabajo. No dejaba de revivir el beso que Tasha y él se habían dado.

Estaba con T.J. y Caleb en la azotea del edificio principal del puerto deportivo mientras el sol se ponía por el océano Pacífico.

–¿Por qué iban a sabotearte los motores? –preguntó T.J.

–¿Qué? –preguntó Matt volviendo a la realidad.

T.J. repitió la pregunta.

–Supongo que será un competidor.

Caleb se sentó en una silla. Los tres bebían cerveza.

–¿Y las cámaras de vigilancia? –preguntó Caleb.

–No hay suficientes para ofrecer una cobertura total. Son fáciles de evitar, si es lo que pretendes.

–He pedido que pongan más –comentó Matt, antes de sentarse a su vez.

–¿Has llamado a la policía? –preguntó T.J.

–Todavía no. Quiero estar seguro de tener razón antes de hacerles perder el tiempo.

–Entonces, ¿Tasha está equivocada? –preguntó T.J.

–No, pero no está completamente segura, así que vamos a esperar.

–¿Hasta que suceda de nuevo? –preguntó Caleb–. ¿Y si esa vez es más grave? ¿Y si intentan sabotear algo más que el puerto deportivo?

–¿Te preocupa el Crab Shack? –era el restaurante que llevaba Jules, la esposa de Matt, que estaba embarazada de cinco meses de gemelos

–Todavía no. Puede que pida a Noah que pase más tiempo allí.

–Nadie va a enfrentarse a él –apuntó T.J.

–Impone –afirmó Caleb.

El novio de la cuñada de Caleb había cumplido una corta condena en prisión tras una pelea en defensa propia. Era un tipo duro que protegería a Jules y a Melissa, hermana de esta.

–¿Y las cámaras de vigilancia del Crab Shack? –preguntó T.J. a Caleb–. ¿Alcanza alguna de ella hasta aquí?

–Lo comprobaré, pero dudo que tengan tanta resolución.

–Te lo agradecería –dijo Matt a Caleb. No se le había ocurrido que Tasha o cualquier otra persona pudieran correr peligro. Pero Caleb podía estar en lo cierto, y tal vez fuera necesario tomar precauciones.

–¿Matt? –la voz de Tasha llamándolo le llegó desde el muelle, situado debajo de donde se hallaban. Se levantó rápidamente y se acercó a la barandilla para poder verla.

–¿Estás bien? –ella pareció desconcertada por la pregunta.

–Sí. El *Never Fear* y el *Crystal Zone* están listos para salir por la mañana. Me voy a la ciudad.

–¿A qué? –la pregunta se le escapó a Matt antes

de que se hubiera dado cuenta de que no era asunto suyo. Eran más de las cinco, por lo que Tasha era muy libre de hacer lo que quisiera.

–He quedado con unos tipos.

¿Con unos tipos? ¿Qué quería decir? ¿Eran amigos suyos?

–Hola, Tasha –T.J. se había acercado también a la barandilla.

–Hola, T.J. –Tasha lo saludó y volvió a dirigirse a Matt–. Alex llenará los depósitos de combustible por la mañana. Los clientes llegarán a las diez.

–Entendido –dijo Matt. Deseaba poder hacerle más preguntas sobre lo que iba a hacer. O, mejor aún, invitarla a que se uniera a ellos para charlar.

–Puede que lo intente de nuevo –dijo T.J. mientras Tasha se alejaba.

–¿El qué? –preguntó Matt.

–Salir con ella.

–¿Cómo? ¿Y cómo que de nuevo? ¿Lo habías intentado antes? –a Matt le sorprendió la ira que experimentaba.

T.J. se quedó desconcertado ante la reacción de su amigo.

–Se lo pedí el verano pasado. Me dijiste que lo hiciera. Le pedí que fuéramos a cenar y a bailar y creo que eso fue un error.

Matt dio un trago de cerveza para no contestar. No le gustaba la idea de que Tasha estuviera con ningún hombre. T.J. era la encarnación del hombre rico, guapo, de un buen partido, y Matt había visto cómo reaccionaban las mujeres ante él. Y aunque Tasha no fuera una mujer normal, era una mujer.

–Tal vez deberías llevarla a una exposición de coches, ya que es mecánico –intervino Caleb–. Se va a inaugurar una en Seattle.

–No puedes pedirle que salga contigo –dijo Matt–. Ya te ha rechazado una vez.

–Puedo insistir –apuntó T.J.

–No creo que el problema sea ir a cenar ni que insistas.

–¿No quieres que T.J. le pida a Tasha que salga con él? –preguntó Caleb a Matt.

–No; es decir, sí.

–Esto se pone interesante –afirmó T.J. sonriendo.

–¿Hay algo entre vosotros dos? –preguntó Caleb.

–No.

–Pero te gusta –apuntó T.J.

–Nos hemos besado –a Matt no le enorgulleció que pareciera que estaba alardeando de ello–. Me gusta, pero no ha pasado nada.

–¿Me estás diciendo que me retire? –preguntó T.J.

–Con total claridad –observó Caleb.

–Pues me retiro –dijo T.J. levantando las manos como si se rindiera.

–¿Ha dicho que había quedado con un tipo esta noche? –preguntó Caleb.

–Con unos tipos. Probablemente sean amigos de ella.

–Has tardado mucho en fijarte en ella –comentó Caleb–. ¿Le has pedido una cita?

–Ahora estamos muy ocupados con los intentos

de sabotaje. Además, es muy tímida –a Matt le resultaba evidente que recelaba de las citas.

–Entonces, ¿qué vas a hacer? –preguntó Caleb.

–Nada.

–Eso es un error.

–No voy a forzar nada –lo último que Matt quería era que ella no estuviera a gusto en el trabajo.

Deseaba que se quedara, tanto por motivos personales como profesionales.


El Edge Bar and Grill, en el pueblo de Whiskey Bay, era un lugar frecuentado por los trabajadores del puerto. A Tasha le gustaba. Esa noche, como se acercaba la Navidad, lo habían adornado con un árbol lleno de luces y guirnaldas.

El menú era sencillo. Servían cerveza de barril y, si tomabas un refresco, los siguientes eran gratis. Ella iba a conducir esa noche, para volver al puerto y para dejar a Alex en su casa, así que pidió un refresco de cola.

–¿Sabes si alguien ha tenido problemas inesperados con los motores últimamente? –preguntó a Henry Schneider, que se hallaba sentado frente a ella. Henry era mecánico de barcos en Shutters Corners, cerca del puerto de pesca–. Se nos ha metido agua en el combustible sin razón aparente.

–¿Un tapón mal cerrado? –aventuró Henry.

–Lo comprobé. El filtro separador de agua y combustible estaba lleno.

–Ahí estaba el problema.

–Pero no sé por qué se llenó.

–A veces pasa –comentó Henry al tiempo que se encogía de hombros.

Alex volvió de la pista de baile con James Hamilton, otro mecánico.

–Entonces, ¿no te han informado de nada extraño?

–¿Extraño? –preguntó James.

–Fallos mecánicos inexplicables en la zona.

–Siempre hay una explicación. Hay que seguir buscándola.

–¿Quieres bailar? –le preguntó Henry a Alex–. Baila tú con Tasha –dijo a James.

Este tendió la mano a Tasha y ella aceptó la invitación. No era la primera vez que bailaban juntos. Él le había contado que los bailes con música folclórica eran muy populares en el pueblo de Idaho donde se había criado. Tasha sabía que había dejado allí a su novia y tenía la impresión de que volvería con ella.

Cuando acabó la canción, un hombre apareció detrás de James. Tasha tardó un segundo en reconocer a Matt.

–¿Qué haces aquí? –le preguntó al tiempo que se ponía en estado de alerta–. ¿Pasa algo?

–¿Quieres bailar? –preguntó él en vez de responderle.

–Hasta luego –dijo James.

Matt se situó frente a ella mientras comenzaba a sonar una canción de Bruce Springsteen.

–¿Ha pasado algo? ¿Otra avería?

–No. ¿Es que un hombre no puede salir un sábado por la noche?

Ella se esforzó en no prestar atención a la mano de él en su espalda y al calor que sentía en la que le había agarrado.

–No creo que este sea de los sitios que frecuentas.

–Estaba preocupado por ti.

–¿Por qué?

–Un criminal anda suelto.

Ella estuvo a punto de soltar una carcajada.

–Si es así, le interesa la empresa. No tiene nada que ver conmigo.

–Eso no lo sabemos.

–Claro que lo sabemos.

Matt la atrajo más hacia sí mientras bailaban. Tasha sabía que aquello era un error, pero, en vez de decirle que no lo hiciera, dejó que la llevara. Matt bailaba muy bien. Ella se dijo que tenía todo bajo control. Al fin y al cabo, estaban en un sitio público.

–Sé que te gusta ser independiente –afirmó él.

–Lo soy.

–Pero la verdad es que tienes menos probabilidades de que te acosen si estás conmigo.

–Nadie me ha acosado –dijo ella sin entender–. ¿Ves al tipo aquel de la camisa roja? Trabaja en Shutters Corner. ¿Y el que está hablando con Alex? Trabaja con Henry. Es toda gente de por aquí, Matt, mecánicos. He hablado con todos ellos.

–¿También bailas con todos?

Ella alzó la cabeza para mirarlo. Parecía celoso.

–No. Les he hecho preguntas. Para tu información, estoy reuniendo pruebas. Si alguien está teniendo los mismos problemas que nosotros, ellos lo sabrán.

—Buena idea.

—Muchas gracias —contestó ella con sarcasmo.

—No me gusta que bailes con ellos —comentó él.

Ella estuvo a punto de decirle que él salía con otras mujeres, pero se contuvo. La vida amorosa de Matt no la incumbía. Y la de ella no era asunto de él.

—Puedes bailar conmigo todo lo que quieras —afirmó él bajando la voz.

—No vayas por ahí, no, Matt.

—De acuerdo.

—Dices eso, pero seguimos bailando —ella sabía que podía dejarlo en cuanto quisiera. Sin embargo, se sentía tan bien en sus brazos que quiso prolongarlo un poco más.

—La canción está a punto de acabar —observó él—. ¿Cómo vas a volver?

—En mi coche.

—¿Has venido sola?

—Con Alex. Matt, llevo seis años saliendo sola por la noche.

—Pues no vas a seguir haciéndolo mientras sabotean los barcos en los que trabajas.

—No tenemos la certeza de que sea sabotaje. Empiezo a lamentar haberte confiado mis sospechas —lo único que le faltaba era que pretendiera ser su guardaespaldas.

—Tampoco de que no lo sea. Y no se te ocurra ocultarme nada.

Ella dejó de bailar.

–No era mi intención que pareciera una orden –aseguró él.

–¿Hay algo que no me hayas contado? –¿había alguna clase de peligro que ella desconociera?

–Me he enterado de que T.J. te había pedido que salieras con él.

Sus palabras la pillaron totalmente desprevenida.

–Fue hace tiempo. ¿No sospecharás de él?

Había rechazado a T.J., pero Matt y él eran buenos amigos. No descargaría su ira contra ella haciendo daño a Matt. Además, a T.J. no parecía haberle importado mucho que no hubiera querido salir con él. Se seguía mostrando amable con ella.

–Claro que no sospecho de él.

Comenzó a sonar un villancico. No era la música más adecuada para bailar, pero siguieron haciéndolo.

–Ha sido Caleb –prosiguió Matt– quien ha hecho que me preocupe por el sabotaje. Le inquieta que pueda pasarle algo a Jules, lo cual me ha hecho pensar en ti. Entonces, T.J. me ha dicho que te había pedido una cita.

–Caleb se preocupa demasiado. Y lo de T.J. fue hace meses.

–Entonces, ¿no te interesa?

–¿Te ha pedido que me lo preguntes? Porque no es mi tipo.

Alex se acercó a ellos, agarró a Tasha del brazo y le dijo al oído:

–James se ha ofrecido a llevarme a casa.

–¿Y eso es bueno?

–Desde luego –contestó Alex con los ojos brillantes.

Puesto que Alex había bailado más que bebido, Tasha no se inquietó por ella. Además, hacía meses que conocía a James. Parecía un hombre cabal.

–¿Te importa que me vaya? –preguntó Alex.

–Claro que no. Hasta luego.

–Gracias –Alex sonrió y se marchó.

–Así que vas a volver a casa sola –dijo Matt–. Iré detrás de ti con el coche.

Tasha puso los ojos en blanco.

–Lo digo en serio.

–Gracias por el baile –dijo ella antes de soltarse de su abrazo.

Iba a tomarse otro refresco y a charlar con Henry y los demás mecánicos. No necesitaba guardaespaldas.

# *Capítulo Cuatro*

Matt se ocultó cuando Tasha se acercó a su coche en el aparcamiento del Edge Bar. Se hallaba en una esquina oscura, aunque era evidente que ella sabía que la estaba esperando. Le había dirigido una mirada airada al salir y él se había levantado para seguirla.

Tasha negó con la cabeza y se despidió de él con la mano antes de montarse en el coche.

A él le daba igual cómo se sintiera. Caleb había conseguido que se preocupara por su seguridad. Se dirigió a su coche.

Tasha no conseguía arrancar. Al tercer intento, se bajó y levantó el capó. Matt se le acercó.

–¿Necesitas ayuda?

–Has leído mi currículo, ¿no? –comentó ella riéndose.

–No pongo en duda tus habilidades como mecánico, pero es evidente que te has quedado sin batería.

–Exactamente –contestó ella. Parecía que ya no estaba enfadada.

–¿No será otro caso de sabotaje? –preguntó él mientras examinaban el motor

–No –respondió ella–. Esta batería es muy vieja. Hace tiempo que renquea.

–Te llevo –dijo él indicando su coche.

–Llamaré a la grúa.

–No hace falta –Matt no iba a dejarla sola en aquel oscuro aparcamiento esperando a que llegara la grúa.

–Me las arreglaré.

–¿Por qué discutes conmigo?

–No lo sé.

–¿Por orgullo? –preguntó él sonriendo.

–Puede ser. No me gusta que me rescaten.

–Pero aceptarías la ayuda del conductor de la grúa.

–Le pagan para ayudarme –respondió ella mientras bajaba el capó–. Pero, tienes razón. Te agradezco que me lleves.

–¿Has dicho que tengo razón?

–Sí –contestó ella mientras cerraba su coche y echaba a andar.

–Está bien eso de tener razón –comentó él siguiéndola–. ¿Estás segura de que nadie te ha estropeado la batería? –preguntó mientras abría su coche.

–Totalmente. No hay relación con los barcos. Seguir por ahí es tomar un camino equivocado.

–Ahora eres tú la que tienes razón –afirmó él.

Ella sonrió mientras abría la puerta, subía al coche y se abrochaba el cinturón. Matt se montó, arrancó y salió del aparcamiento. La temperatura del coche subió rápidamente, por lo que Tasha se bajó la cremallera de la chaqueta de cuero. Llevaba una camiseta de color púrpura y unos vaqueros descoloridos. Se había recogido el cabello en una cola de caballo. Era un atuendo informal, cómodo y sexy. A Matt le gustaba mucho.

–Ninguna de las personas con las que he hablado sabe nada –dijo ella. No ha sucedido nada extraño en Whiskey Bay en lo que se refiere a motores.

–Así que el objetivo es el puerto deportivo.

–Yo diría que sí. O puede que se trate de una coincidencia.

Él esperaba que lo fuera.

–Voy a indagar entre la competencia. En esta época hay muchas reuniones y fiestas en las que nos juntamos los que nos dedicamos a este negocio.

–Lo recuerdo.

–¿Estabas aquí el año pasado? –preguntó él. Llevaba trabajando en el puerto solo desde marzo.

–No, pero sucedía lo mismo donde me crie.

–¿Ibas a las fiestas que se celebraban en Navidad?

–No, pero leía sobre ellas. Me parecían cosas de gente pija, estirada y aburrida.

–No es para tanto –apuntó él riéndose–. Incluso hay algunos que son interesantes. Yo pertenezco a esa clase de gente. ¿Tan malo soy?

–En algunos aspectos, sí.

–¿En cuáles?

–En tu forma de hablar y de vestir.

–¿Cómo hablo?

–De forma clara y precisa. Utilizas muy poca jerga y tienes un amplio vocabulario.

–Pues no veo el problema.

–Parece que te sientes superior.

–¿Y tú? –preguntó Matt. Ella hablaba tan bien como él.

–Yo soy totalmente normal.

No lo era, pero él no iba a ponerse a discutir.

–Pues también lo es la gente que acude a las fiestas de esta clase de empresas. No deberías tener prejuicios sobre ella –Matt disminuyó la velocidad y salió de la autopista para tomar la carretera que atravesaba el bosque.

–No soporto los vestidos recargados y llenos de volantes, ni los canapés de caviar o de *foie*, ni las interminables conversaciones sobre quién se ha asociado con quién o quién se va a casar con quién.

Matt no iba a reconocer que había acertado de pleno en la descripción de algunos de los invitados a tales fiestas.

–Deberías ir a alguna, antes de juzgarlas.

–Tienes razón.

En ese momento, los faros del coche iluminaron la casa de Matt. Él parpadeó ante lo que veía. Se le hizo un nudo en el estómago. No podía ser.

–¿Quién es esa? –preguntó Tasha.

–Mi exesposa –contestó él mientras apagaba el motor–. Creo que no la conoces.

–La he visto de lejos. No para mucho por aquí.

Los meses anteriores, su exesposa se había dedicado a viajar bajo cualquier pretexto.

–Le gusta Francia. Tiene a alguien allí.

–Ah.

–Así es. No sé por qué ha vuelto –observó Matt

mientras se desabrochaba el cinturón. Los dos bajaron del coche.

–Hola, Dianne –dijo Matt mientras se acercaba al porche iluminado.

Dianne se había puesto una cinta en el negro cabello para retirárselo del rostro. Llevaba una chaqueta de lana negra, pantalones negros y zapatos de tacón muy alto. Iba perfectamente maquillada, como era habitual. Tenía los labios apretados y los ojos entrecerrados.

–¿Dónde estabas? –preguntó. Después se percató de la presencia de Tasha.

–Te presento a Tasha –dijo Matt, a quien no le gustó la mirada de desprecio de Dianne–. Venimos de bailar. ¿Qué haces aquí?

–Tengo que hablar contigo, en privado.

–Pues no voy a acabar la noche escuchándote –lo que tuviera que decirle podría esperar hasta el día siguiente–. Llámame mañana –añadió mientras se dirigía a la puerta y le hacía un gesto a Tasha para que lo siguiera.

–Se trata de François.

Matt no se detuvo. Lo que sucediera entre Dianne y su nuevo esposo era asunto de ellos.

–Me ha dejado.

–Lo siento, Dianne, pero no es de mi incumbencia.

–Me ha robado el dinero, todo el dinero.

–Puede esperar hasta mañana –afirmó él al tiempo que marcaba el código que abría la puerta principal–. ¿Quieres que te llame a un taxi?

–Matt –casi gimió Dianne.

–Estamos divorciados y, si no recuerdo mal, tu pensión era más que generosa.

Lo único que había querido Matt entonces había sido acabar de una vez. Aunque su abogado le había aconsejado que no lo hiciera, había dado a Dianne todo lo que le había pedido, por lo cual tendría que trabajar mucho durante los dos o tres años siguientes para volver a pisar terreno económico firme.

Sacó el móvil y llamó a un taxi.

–Estoy en un buen lío, Matt.

–Pues te aconsejo que consultes a un abogado.

–No he cometido ningún delito.

–Me alegro. El taxi estará aquí dentro de un par de minutos –abrió la puerta y Tasha entró.

–¿Cómo puedes ser tan cruel? –gritó Dianne.

–¿Cómo te atreves –preguntó él al tiempo que se volvía hacia ella– a pedirme que lo deje todo para ocuparme de tus problemas? Me engañaste, me abandonaste y pusiste en peligro mi empresa a causa de tu codicia desenfrenada.

Se vieron unas luces entres los árboles.

–Ahí está el taxi, Dianne –dijo antes de entrar en la casa y cerrar la puerta.


Matt se apoyó en la puerta como si temiese que su exesposa fuera a derribarla.

–Lo siento –le dijo a Tasha.

Esta no sabía qué pensar. Un divorcio podía ser enconado y Matt tenía derecho a mantenerse apartado de su exesposa, pero Dianne parecía verdaderamente alterada.

–Creo que le vendría bien un amigo.

–No estés tan segura. Es la reina del drama. Reacciona igual ante un incendio o una inundación que si se le rompe una uña.

Tasha reprimió una sonrisa, ya que la situación no tenía nada de gracioso.

–Tendría que estar en Francia –afirmó él separándose de la puerta–. Se suponía que iba a quedarse allí. Yo esperaba que se quedara para siempre. Necesito beber algo. ¿Y tú?

Se dirigió al salón. De camino, pulsó un interruptor y la chimenea, alimentada por gas, se encendió. Era muy larga y separaba la cocina de la zona de estar.

Tasha pensó que debía irse a casa, pero le picaba la curiosidad la relación entre Matt y Dianne. Además, llevaba toda la noche tomando refrescos. Le vendría bien una bebida de verdad.

–Me inclino por el tequila –dijo Matt dirigiéndose a la cocina.

–A mí me encantan las margaritas.

–Entonces, margaritas –Matt abrió la nevera–. Tenemos limas. Las copas están encima de la encimera más larga. Agarra las que más te gusten.

Más contenta de lo que debiera sentirse por tomar una copa con Matt, Tasha abrió el armario que él le había indicado y tomó dos copas.

–Debe de haber sal gorda en la despensa. Por esa puerta –dijo él mientras cortaba las limas sobre una tabla.

La despensa era impresionante. Era ancha y con estantes repletos de alimentos básicos y exóticos.

–¿Te gusta cocinar? –preguntó ella desde el otro lado de la puerta.

–Es uno de mis pasatiempos preferidos.

–Nunca lo hubiera pensado –comentó ella mientras salía con la sal.

–¿Por qué?

–Porque tienes pinta de tener ama de llaves.

–La tengo, pero no cocina. Hace tiempo decidí que no podía ocuparme de la casa y de la empresa a la vez, así que opté por hacer lo que más me gustaba y dejar lo que no me agradaba.

–¿Qué es lo que más te gusta? –preguntó ella mientras agarraba un vaso pequeño para la sal y comenzaba a ayudarlo a cortar las limas.

–Cocinar, trabajar e ir al gimnasio.

–¿Salir con mujeres?

–Solo recientemente.

–Pero te gusta. Lo haces muy a menudo.

–Sí.

–¿Y tus amigos?

–¿Caleb y T.J.? Salgo con ellos siempre que puedo. Como vivimos tan cerca, no hacemos planes, sino que nos pasamos por una de las casas.

Tasha había observado la relación entre los tres. Eran como hermanos. A ella le hubiera gustado tener relaciones tan estrechas como aquella, pero no tenía nada en común con sus hermanas.

–Sois como de la familia.

–En efecto. Van a quedarse alucinados cuando sepan que ha vuelto Dianne.

–¿Crees que se quedará aquí?

No era asunto de Tasha, pero le gustaba que

Matt no tuviera pareja. Al fin y al cabo, una fantasía era divertida si había una mínima posibilidad de que se convirtiera en realidad.

El cuchillo se le resbaló y se cortó el dedo.

—¡Ay!

—¿Qué te ha pasado?

—Me he distraído.

—¿Te has hecho daño? —le tomó la mano—. Estás sangrando.

—Solo un poco.

—Voy a ponerte una tirita —dijo él mientras agarraba un pañuelo de papel de una caja de la encimera.

—Seguro que se corta enseguida —afirmó ella apretando el pañuelo con fuerza en el corte.

—Por aquí —dijo él agarrándola del codo—. No vaya a ser que sangres sobre la sal —la condujo por un largo pasillo hasta una habitación. Ella se dio cuenta inmediatamente de que era el dormitorio principal. Vaciló y tropezó.

—Cuidado —dijo él.

—Esto es…

Tasha miró la enorme cama, las dos sillas de cuero, las mesillas de noche y el suelo de roble cubierto de alfombras con dibujos geométricos. Las ventanas daban al bosque y a la bahía.

— …muy grande. Hubiera querido decir «intimidante», incluso «excitante». Estaba en el dormitorio de Matt. ¿Cómo era posible?

—Las tiritas están allí —le indicó la puerta del cuarto de baño y entraron.

—También es grande —afirmó ella.

–Me gusta que haya espacio. No necesitaba tener muchos dormitorios, por lo que decidí que el mío fuera muy amplio –explicó Matt mientras se acercaban al lavabo.

–¿Quieres tener hijos? –preguntó Tasha sin saber por qué.

Él se encogió de hombros.

–Dianne no quería tenerlos. Yo me adapto. Me parecería bien tanto tenerlos como no tenerlos –Matt rio y abrió el armario donde guardaba el botiquín–. Creo que cuando conozca a los gemelos de Caleb, una de dos, o querré tener hijos o abandonaré la idea para siempre –sacó una tirita, la dejó sobre el lavabo y cerró el armario.

–Puedo hacerlo sola –dijo ella sintiendo el efecto de su proximidad.

Le gustaba su olor, su voz y su suave tacto.

–Se hace mejor con dos manos que con una –afirmó él al tiempo que abría el grifo y comprobaba la temperatura del agua. Tasha lo miró y pensó que era extremadamente sexy e increíblemente guapo–. ¿Y tú? –preguntó él mientras le ponía el dedo bajo el agua. ¿Quieres tener hijos?

–Claro. Supongo. Tal vez.

–¿No lo has pensado?

No lo había hecho. Se había centrado en su profesión y en llegar a la cima.

–No tengo prisa.

Él le puso la tirita.

–Ya está. Como nuevo.

–Gracias –dijo ella. Y cometió el error de mirarlo a los ojos. Él le sonrió y, durante unos segundos, ella creyó que iba a besarla. Pero se limitó a pasarle el dedo juguetonamente por la nariz.

–El hielo debe de estarse deshaciendo. Será mejor que vayamos a preparar las bebidas.

Sentado frente a Dianne en una mesa del Crab Shack, Matt había pedido agua. Al rato lamentó no haber pedido algo más fuerte.

No había querido que fuera a su casa. Estaba intentando que su vida fuera hacia delante, no que volviera atrás.

–¿Le dejaste que controlara toda tu cartera de acciones? –a Matt le resultaba increíble lo que oía.

–Él poseía una mansión –contestó Dianne en tono quejumbroso–, además de un yate, un avión y el carné de socio de los clubs más exclusivos. Ni siquiera quiso hacer separación de bienes antes de casarnos. ¿Cómo no iba a confiar en él?

–Porque era un estafador.

–¿Cómo iba a saberlo?

–No podías saberlo –reconoció Matt–. Pero deberías haber seguido controlando tu cartera de acciones –le había consternado que ella se la hubiera entregado sin pensar a otra persona.

–Todo estaba escrito en francés, por lo que no lo entendía. Era lógico que le dejara a él encargarse de los detalles.

Era evidente que aquel hombre se había apoderado de todo su dinero, pero Matt no quiso prolongar la discusión. Había accedido a reunirse con Dianne, aunque no estaba dispuesto a volver a su vida, a pesar del desastre en que la hubiera convertido. Su esposo francés había desaparecido con su dinero, dejando una estela de deudas y acusaciones de fraude.

—¿Qué vas a hacer?

—Te echo de menos, Matt —respondió ella mirándolo con los ojos muy abiertos.

—No, no me echas de menos —no iba a tragarse el anzuelo—. ¿Qué vas a hacer tú, Dianne? Tú, no yo. Tú sola.

—No sé qué hacer —contestó ella con expresión temerosa.

—¿Y si buscas trabajo? —sugirió él.

La camarera llegó con la comida y Dianne esperó a que se fuera.

—¿Quieres que trabaje? No sé hacerlo.

—Yo no quiero que hagas nada.

—No puedo trabajar —aseguró ella con convicción.

—No voy a solucionarte los problemas, Dianne.

—Tienes mucho dinero.

—No es así. Y, aunque lo fuera, no tienes derecho a él.

—Esa es mi casa —afirmó ella mirando por la ventana la casa que destacaba en el acantilado.

—Fue tu casa de forma temporal. La pagué yo y, después, te pagué la mitad de su valor por el divorcio. Y, además, te quedaste hasta el último céntimo de los beneficios de mi empresa.

—Pero…

—Buen provecho, Dianne. Esta comida es lo último que te pago.

–Matt... –Jules, la esposa de Caleb se había acercado a saludarlo, pero al ver su expresión y la de Dianne supo que algo no iba bien.

–Hola, Jules –dijo él intentando disimular–. ¿Cómo estás?

A ella se le notaba claramente el embarazo de gemelos.

–Muy bien –contestó llevándose la mano al vientre. Después se volvió hacia Dianne, esperando que Matt se la presentara.

–Jules, esta es Dianne, mi exesposa. Ha vuelto para pasar unos días aquí.

–Entiendo –era evidente que Jules no lo entendía. Todo el mundo sabía que Dianne pensaba quedarse a vivir en Francia–. Encantada de conocerte, Dianne. Bienvenida al Crab Shack.

Dianne no respondió. Era evidente su enfado.

–¿Vas a ir a la gala de la Cámara de Comercio? –preguntó Matt.

Jules estaba embarazada de cinco meses y el médico le había aconsejado que tuviera los pies en alto el máximo tiempo posible.

–Desde luego. Dispongo de un par de horas entre descanso y descanso. ¿Y tú?

–He accedido a decir unas palabras.

–Qué bien. Será mucho más entretenido escucharte a ti que al alcalde. Os dejo que acabéis de comer.

Matt se levantó y la abrazó y besó en la mejilla.

–Me alegro de verte, Jules.

–Tengo que irme –dijo ella dándole una palmadita en el hombro. Miró hacia la puerta, por la que acababa de entrar un nuevo cliente.

Matt miró también en aquella dirección y vio que era Tasha. La observó, preguntándose qué haría en el Crab Shack.

–Siéntate –dijo Dianne.

Él no quería hacerlo, ya que quería ver si Tasha se daba cuenta de su presencia y cuál sería su reacción: saludarlo con la mano, decirle hola o acercarse a la mesa. Pero ella no lo vio.

–Ahora vuelvo –dijo a Dianne.

–Pero… –protestó ella. Matt no oyó el resto de la frase.

–Hola, Tasha –dijo al acercarse a ella.

Ella lo miró sorprendida.

–¿Has hecho un descanso para comer? –Matt observó que iba vestida con unos vaqueros limpios, una blusa de seda y su cazadora de cuero. No se vestía así para trabajar.

–He empezado temprano esta mañana.

–No tienes que darme explicaciones. Tómate todo el tiempo que desees para comer.

–Voy a comer con Jules.

–¿Ah, sí? – preguntó sorprendido. No sabía que Jules y ella se estaban haciendo amigas.

–Me ha invitado.

–Eso está muy bien.

En ese momento, Tasha vio a Dianne.

–Esto te va a parecer raro –dijo él acercándosele más y bajando la voz–. ¿Puedo besarte en la mejilla y abrazarte?

–¿Has bebido? –preguntó Tasha.

–No, es por Dianne. Me ayudaría que creyera que tú y yo somos… Ya sabes.

–¿Es que quiere reavivar sentimientos pasados?

–Lo que quiere, sobre todo, es mi dinero. Si cree que estoy contigo, dejará de considerar la posibilidad de una relación afectiva conmigo.

Tasha miró alrededor del atestado restaurante para comprobar si había alguien a quien conocieran.

–Jules lo entenderá –aseguró él–. Estoy seguro de que Caleb le ha contado todo sobre Dianne.

–No me preocupa Jules.

–Entonces, ¿qué te preocupa?

Algo la hacía vacilar. Él esperaba que fuera el recuerdo de esos breves momentos en el cuarto de baño cuando él había experimentado una conexión entre ambos. ¿Le preocuparía empezar a sentir algo por él?

–No me preocupa nada. Un beso en la mejilla y un corto abrazo. Muy bien.

Aunque decepcionado, Matt sonrió agradecido.

–Eres la mejor.

–Me has aumentado un veinte por ciento el sueldo. Es lo menos que puedo hacer.

Y Matt que había pensado que tal vez sintiera algo por él…

–Esto es mucho más que eso –susurró él mientras se inclinaba para besarla en la mejilla. Olía de maravilla y el sabor de su piel era fantástico. Tuvo que hacer un tremendo esfuerzo para separarse de ella.

–Y que lo digas –afirmó ella sonriendo.

Él la abrazó brevemente.

–Te debo una –le apretó las manos al tiempo que deseaba que la multitud que los rodeaba desapareciera para poder estar a solas con ella.

A continuación volvió a la mesa, desde donde Dianne lo fulminaba con la mirada.

# Capítulo Cinco

A Tasha siempre le impresionaba el Crab Shack. A la hora de la comida, el ambiente era informal. Para las cenas, ponían manteles blancos y velas en las mesas, por lo que se transformaba en un lugar más íntimo y elegante. No era de extrañar que su popularidad no dejara de crecer.

En Boston, Tasha iba siempre a restaurantes caros el fin de semana. Por la tarde, dejaba de hacer lo que estuviera haciendo, se lavaba, se arreglaba e iba a impresionar a los socios de sus padres, que lucían a sus tres hijas perfectas.

Había desperdiciado un montón de tiempo acicalándose y teniendo conversaciones intrascendentes. Para colmo, la comida solía ser exquisita, pero no la saciaba. Muchas noches, de vuelta en casa, había tenido que hacerse un sándwich después de haber cenado en un restaurante de cinco estrellas.

Pero el Crab Shack no era así. La comida era buena y el ambiente acogedor. Reconfortaba estar en un sitio de calidad que no fuera pretencioso.

—Por aquí —dijo Jules conduciéndola entre las mesas. La hizo entrar en un despacho cercano a la cocina—. Esto está lleno de cosas —se disculpó.

—No pasa nada.

En la habitación había un escritorio con un ordenador y montones de papeles, una mesa con tres sillas y dos archivadores. Desde la ventana se veía el puerto deportivo y el restaurante Neo de Caleb a medio construir.

–He pedido que nos traigan unos aperitivos –dijo Jules.

–Me parece estupendo –Tasha no era exigente.

–Me viene bien comer pequeñas cantidades varias veces al día en vez de hacer comidas copiosas.

Tasha sonrió. El embarazo hacía resplandecer a Jules.

Esta abrió el ordenador portátil que había en la mesa.

–Tenemos filmaciones de las cámaras de seguridad que se remontan a hace tres semanas. Caleb ha pedido que se instalen más cámaras con mayor resolución. Las que hay ahora no captan muchos detalles a distancia.

–Cualquier cosa puede ayudarme. Te lo agradezco.

Jules movió el ratón y abrió el primer archivo.

Las dos se dedicaron a la aburrida tarea de observar las imágenes.

–Matt no suele ser cariñoso –comentó Jules en tono despreocupado.

Sus palabras pillaron a Tasha desprevenida y la pusieron en estado de alerta.

–Te ha abrazado –afirmó Jules mirándola–. Y te ha besado.

–En la mejilla –dijo Tasha sin apartar la vista de

la pantalla, en la que se veía la entrada al puerto deportivo y parte del muelle.

—Sigue siendo inusual en él.

—Ha sido por Dianne, para hacerla creer que estamos saliendo.

—Están divorciados.

Tasha se encogió de hombros.

—Pues será una cuestión de ego.

—Eso no es propio de Matt.

—Dianne necesita dinero y a Matt le preocupa que quiera volver con él.

—Eso sí que es propio de ella, por lo que me han contado.

Esa era también la impresión de Tasha.

—La conocí anoche, pero…

—¿Anoche? —preguntó Jules, claramente interesada.

—Volvíamos de The Edge y ella lo estaba esperando.

—¿Teníais una cita?

—No, nos encontramos por casualidad. Yo estaba allí hablando con los mecánicos de la zona para saber si alguien más estaba teniendo extraños fallos en los motores.

—Buena idea.

—Espera, ¿qué es eso? —Tasha señaló la pantalla. A pesar de que la imagen era oscura, se veía a alguien escalando la verja. Comprobó la fecha—. Es la noche antes de que saliera el *Orca's Run*.

—Entonces, fue sabotaje.

—Es posible.

Observaron a la persona recorriendo el muelle,

pero se salió de la pantalla antes de llegar al *Orca's Run*.

–Tiene que ser él.

Tasha no se apresuró a sacar conclusiones.

–No lleva agua ni combustible.

–Pero mira cómo ha entrado. No debía de estar tramando nada bueno.

–Eso parece, pero hay que mirar el resto del vídeo. Puedo hacerlo sola, si estás ocupada.

–De ningún modo. Esto es lo más interesante que he hecho últimamente. Y, debido al embarazo, el médico me ha recomendado que me siente cada dos horas –Jules levantó los pies y los puso en la tercera silla.

Llamaron a la puerta y entró una camarera con una bandeja de aperitivos y dos refrescos.

–¿Tienes hambre? –le preguntó Jules a Tasha mientras la camarera dejaba todo en la mesa.

–Mucha.

–Prueba los buñuelos de cangrejo. Son mi especialidad.

Tasha se puso una servilleta en el regazo y agarró uno.

–Ahora me vuelve loca el salmón –comentó Jules–. Mis papilas gustativas me exigen sal, no sé por qué.

–Mmm… exclamó Tasha después de probar el buñuelo–. Eres un genio.

–Es el plato más solicitado del menú. Caleb quiere robarme la receta para servirlos en el Neo, pero no se lo voy a consentir.

–Mantente firme –dijo Tasha mientras se acababa de comer el buñuelo.

–Claro que lo haré. Cada uno de nosotros es dueño de la mitad de cada restaurante, pero competimos.

–Pues espero que ganes tú. Mira –Tasha estaba observando en la pantalla del ordenador.

La figura había vuelto a la puerta de entrada y estaba lanzando un objeto por encima de la verja. Volvió a escalarla, se puso a buscar el objeto, pero algo le asustó y se fue corriendo.

–Tramaba algo –afirmó Jules.

–Lo que hemos visto es muy raro. Puede que fuera una bolsa de herramientas. Es una pena que no se vea mejor.

Siguieron viendo el vídeo y comiendo hasta que la puerta se abrió y entró Caleb.

–¿Qué tal?

–Hemos visto a un tipo trepar por la verja, ir al muelle y volver a salir.

Caleb se situó detrás de la silla de Jules y le masajeó los hombros.

–¿Y qué ha hecho?

–Lanzar algo por encima de la verja –contestó su esposa–. Tasha cree que podrían ser herramientas.

–No estoy segura. Y no hemos podido ver lo que hacía en el muelle. Tal vez nada.

La puerta volvió a abrirse y entró Matt.

–Me apuesto lo que quieras a que hizo algo –afirmó Jules.

–¿Quién? –preguntó Matt.

Al verlo, Tasha deseó que le masajease los hombros como Caleb estaba haciéndole a Jules.

–Hemos visto a un tipo trepar por la verja y volver a salir –explicó, volviendo a la realidad–. Pero no se ve bien.

–¿Dianne se ha marchado? –le preguntó Jules a Matt.

–Eso espero.

–¿Qué ha pasado? –preguntó Caleb–. No esperaba verla de vuelta en Whiskey Bay.

–Yo tampoco –dijo Matt–. Parece que el magnate francés no era tal, y que todo el dinero que sacó del divorcio…

–No puede ser –observó Caleb.

–Se ha evaporado.

–¿Cómo es posible? –preguntó Jules–. Le diste una fortuna.

–Fue el tribunal quien se la dio.

–Pero no recurriste.

–Quería recuperar la libertad.

–Y, de todos modos, ella ha vuelto –apuntó Caleb–. No te han salido bien las cosas.

–¿No irás a darle más dinero? –comentó Jules.

Tasha quiso apoyarla, pero pensó que no era asunto suyo. Matt y Caleb llevaban años siendo amigos y se querían como hermanos.

–Le dije que buscara trabajo.

–Buen consejo.

–Esperemos que lo siga –Matt no parecía muy convencido. Entonces, le puso a Tasha la mano en el hombro. El calor de la palma le hizo cosquillas.

–¿Has visto algo más en las imágenes?

–Nada fuera de lo normal –contestó ella.

–¿Habéis mirado lo que han grabado tus cámaras? –preguntó Caleb a Matt.

–Sí, pero la que muestra la parte central del muelle no funciona. La caja estaba partida, por lo que le ha entrado salitre y la ha corroído. Puede haber sido producto de un desgaste natural o puede que alguien la haya estropeado a propósito.

–¿Y quién iba a haberlo hecho? ¿Y por qué?

–Ojalá lo supiera. No me gusta sospechar del personal, pero acabamos de contratar a dos personas. Estamos examinando su historial.

–¿Por qué iba a escalar la verja un empleado?

–No todos saben el código que abre la puerta. Algunos no lo necesitan –explicó Tasha.

–Y no se lo doy a los recién contratados –apuntó Matt.

–Un poco más a la izquierda –gimió Jules.

Caleb sonrió.

Matt agarró el hombro de Tasha con más fuerza y a ella la invadió una intensa oleada de deseo. Se dijo que debía concentrarse y volvió a mirar la pantalla con la esperanza de que sucediera algo que la distrajera.


Matt estaba contento de dar un discurso en la gala de Navidad de la Cámara de Comercio. Sabía que allí hacían un buen trabajo. Él mismo se había beneficiado de sus programas. Sin su ayuda, no hubiera podido comprar el puerto deportivo ni ampliarlo.

Matt era del sur de Boston. Su padre tenía una

pequeña empresa constructora y su madre cuidaba ancianos a domicilio. Tenía cinco hermanos. Matt era el más pequeño de los seis y el más ambicioso. Los demás seguían viviendo en Boston, la mayoría trabajando con su padre, casados y con hijos.

Parecían satisfechos con hacer barbacoas y jugar al béisbol. Sin embargo, Matt aspiraba a algo más en la vida. Primero, había trabajado en la construcción mientras estudiaba en la universidad y ahorraba. Después, había comprado varias casas para venderlas a mayor precio y, por último, había acabado en la Costa Oeste, donde se había arriesgado a comprar el puerto deportivo de Whiskey Bay y le había salido bien.

Después de haberse puesto los gemelos y la pajarita, se puso el esmoquin. Estaba hecho a medida e hizo que se sintiera bien y seguro, como si hubiera llegado a la meta. Fue un momento de autoindulgencia, vestirse bien para ir a una elegante cena. Y tuvo que reconocer que le gustaba.

Esa noche debía llevar a cabo otro cometido. Los dueños de los otros tres puertos deportivos de la zona estarían en la gala. Sus competidores podían tener motivos para intentar sabotearlo. No se fiaba de Stuart Moorlag. Le parecía muy reservado y había oído decir que no cuidaba el mantenimiento de los barcos y que cobraba de más a los clientes. Era posible que tuviera problemas económicos.

Llamaron a la puerta principal y Matt se dirigió al vestíbulo. Pensaba que sería el chófer del coche que había pedido para no tener que conducir después de la fiesta. Pero era Tasha.

–Tenemos un problema –dijo ella entrando sin más preámbulos. Lo miró de arriba abajo–. ¡Vaya!

–La gala es esta noche. ¿Ese «vaya» es bueno?

–Tienes un aire presuntuoso.

–Entonces, no es bueno –se dijo que no le había decepcionado. Se hubiera sorprendido si a ella le hubiera gustado verlo de esmoquin.

–Es bueno si era lo que querías parecer.

–¿Te estás metiendo conmigo?

–Perdona, no era mi intención. Lo que quería decir es que impresionarás a la gente que acuda a la gala.

–Gracias –no era un insulto, pero tampoco un cumplido. Consultó su reloj. Tenía unos minutos–. ¿Cuál es el problema?

–Los actos de sabotaje están aumentando.

–¿En qué sentido?

–He encontrado un cable pelado en el sistema eléctrico del Salty Sea. Me ha parecido sospechoso, así que lo he examinado más a fondo y he hallado una fuga de combustible.

–¿Y? –preguntó él sin comprender.

–Las dos cosas juntas podrían haber ocasionado un incendio.

–¿Hablas en serio? ¿Podía haber habido heridos?

Un incendio en un barco era muy grave, sobre todo en diciembre. Si los pasajeros tenían que lanzarse al agua, podían morir de hipotermia.

–Sí.

Matt no quería marcharse a la gala, sino examinar lo sucedido, seguir hablando con ella y decidir qué iban a hacer.

–Tengo que ir a la gala. Voy a dar un discurso y los dueños de los otros puertos deportivos estarán allí. Quería sondearlos.

–Quiero acompañarte –afirmó ella sin vacilar.

Sus palabras lo pillaron desprevenido. Miró su ropa de trabajo.

–Así no –dijo ella.

–¿Tienes algo que ponerte?

Al ver la determinación de su expresión, decidió no discutir con ella.

–No me queda mucho tiempo. Un coche vendrá a buscarme dentro de unos minutos.

–No tengo un vestido de baile en mi habitación –dijo ella–. Pero ¿dejó Dianne alguna prenda cuando se fue? ¿Algún vestido?

–¿Quieres ver la ropa de mi exesposa? –Matt no era un experto, pero le pareció que era algo que una mujer normal no pediría.

–¿Qué tienes?

–¿Lo dices en serio? –Matt se dio por vencido a pesar de sus reservas con respecto al resultado de todo aquello–. Hay algunas cosas en el sótano. Es por aquí –la condujo a las escaleras que llevaban al sótano. Encendió la luz y bajaron–. Es adicta a las compras. Ni siquiera se molestó en llevarse toda la ropa. Seguro que algunas prendas están sin estrenar.

Pasaron por delante de una mesa de billar y entraron en una habitación llena de objetos. Los vestidos estaban protegidos por plástico y colgaban de un perchero, junto con pantalones y chaquetas. Debajo había cajas de zapatos.

–No he tenido tiempo de deshacerme de todo eso.

–No tardo nada –dijo ella acercándose al perchero y comenzando a buscar. Al cabo de unos minutos había elegido un vestido rojo con lentejuelas.

–¡Vaya! –exclamó él.

–¿No crees que el rojo me sienta bien?

–Es muy atrevido.

–Es que no quiero pasar desapercibida –comenzó a abrir las cajas de zapatos–. Supongo que no sabes qué número calza tu exesposa.

–Ni idea.

Tasha sacó unos zapatos negros, se quitó una bota y el calcetín y se lo probó.

–Servirá.

–¿Ya está? Dianne se pasaba dos horas eligiendo lo que iba a ponerse.

–¿No me has dicho que tenías prisa? Pues vamos.

Él la siguió y fue apagando las luces.

–Eres una mujer extraña.

–Si por extraña quieres decir eficiente, gracias.

Él quería decir «única». No se parecía a nadie que conociera, lo cual era bueno. O, como mínimo, muy entretenido.

–Sí, quería decir eso.

–¿Puedo usar el servicio?

–Por supuesto.

Volvieron a llamar a la puerta. Esa vez seguro que era el chófer.

–Tengo que dar el discurso a las ocho –dijo a

71

Tasha mientras ella se encaminaba hacia el servicio con la ropa en el brazo y un pie descalzo.

Diez minutos después, o tal vez solo cinco, volvió por el pasillo. Estaba deslumbrante.

Matt parpadeó, creyendo que se trataba de una ilusión óptica. Ninguna mujer podía pasar, en cinco minutos, de ser la Tasha habitual a convertirse aquella mujer explosiva. Era imposible.

Se había recogido el cabello en una especie de moño. El vestido, de tirantes, se ajustaba a su cuerpo y la falda se le balanceaba de un lado a otro por encima de las rodillas. Sus verdes ojos brillaban, tenía las mejillas sonrosadas y sus miembros eran largos, armónicos y llenos de gracia.

Matt se quedó sin habla.

–¿Estoy bien? –preguntó ella girando sobre sí misma–. No seas muy exigente, porque he tenido que arreglarme muy deprisa.

–Estás fantástica. ¿Cómo lo has hecho? –¿cómo era posible que aquella criatura femenina y preciosa se ocultara bajo aquellas ropas anchas y llenas de grasa?

–Pues quitándome mi ropa y poniéndome esta.

–¿Y el cabello?

–He tardado medio minuto en peinarme. ¿Estás listo?

–Sí –estaba más que listo para salir con Tasha.

Era cierto que más que a salir iban a investigar. Y lo que ella le acababa de contar era inquietante. Tendrían que hablar más del asunto en el coche.

Pero ella estaba mucho más hermosa de lo que pudiera haberse imaginado, y sería su acompañante en la gala. Se sentía de maravilla, probablemente mejor que en toda su vida.

En el salón de baile, en el centro de Olympia, Tasha se sintió como si hubiera vuelto al pasado. Había acudido decenas de veces a aquella misma fiesta: la orquesta de cámara, los caros aperitivos, las mujeres radiantes y los rígidos caballeros. Y, en aquel caso, los recargados adornos navideños, los arreglos florales y el enorme árbol de Navidad al fondo.

–¿Vas a sentirte a gusto en medio de todo esto? –le preguntó Matt mientras entraban.

–No te preocupes –podía hacer aquello dormida.

–Tendremos que sentarnos por delante. Quieren que esté cerca para el discurso.

–Muy bien –Tasha estaba acostumbrada a que sus padres fueran celebridades en los acontecimientos de Boston. Desde los siete años, había aprendido a estar sentada sin moverse durante interminables discursos y a contestar educadamente a los amigos y socios de sus padres.

–¿Me indicas cuáles son los dueños de los otros puertos deportivos?

Echaron a andar mientras Matt miraba a su alrededor.

–Hola, Matt –un hombre de cincuenta y tantos años se les acercó y le estrechó la mano.

–Me alegro de verte, Hugh –Matt se volvió hacia Tasha–. Te presento a Tasha Lowell. Tasha, Hugh Mercer, dueño de Mercer Manufacturing.

–Es un placer conocerlo –dijo ella tendiéndole la mano y sonriéndole.

–Os presento a Rebecca, mi esposa.

–Hola, Rebecca –dijo Tasha acercándose más a ella–. Me encanta tu collar.

–Es un regalo de Hugh por nuestro aniversario –contestó Rebecca sonriendo.

–¿Cuántos años lleváis casados?

–Veinticinco.

–Enhorabuena.

Tasha se agarró al brazo de Matt.

–Cariño, me tomaría una copa de champán con mucho gusto.

–Por supuesto. Encantado de verte, Hugh. Rebecca, estás preciosa.

Tasha se despidió de ellos agitando la mano.

–Espero que no te importe que me haya inventado lo del champán para alejarnos de los Mercer. No son nuestro objetivo.

–Tienes razón, no lo son –Matt le puso la mano en la cintura–. Mira ahí, el hombre de la corbata color burdeos.

–¿El alto, de pelo castaño y nariz larga?

–Sí. Es Ralph Moretti. Es el dueño de Waterside Charters. El puerto es más pequeño que el de Whiskey Bay, pero es el más cercano al nuestro.

–¿Está casado?

–¿Por qué lo preguntas?

–Para saber cómo comportarme. Si trama algo, es más probable que revele información si soy yo la que le hace preguntas ingenuas mezcladas con risitas que si tú le sometes al tercer grado. Pero si está casado y su esposa se presenta mientras hablamos, no servirá de nada.

–¿Vas a flirtear con él? –Matt no parecía contento.

–Yo no lo llamaría flirtear. Lo que voy a hacer es desarmarlo.

–¿Y eso es distinto de flirtear? –preguntó Matt mientras se acercaban a Moretti.

–Totalmente.

–Moretti –Matt le estrechó la mano.

–Emerson –respondió Ralph antes de mirar a Tasha.

–Tasha Lowell –dijo ella tendiéndole la mano.

–Llámame Ralph –dijo él estrechándosela levemente.

–Ralph –ella le dedicó una radiante sonrisa–. Me ha dicho Matt que eres el dueño de un puerto deportivo.

–En efecto.

–Me encantan los barcos.

–¿En serio? ¿Qué te gusta de ellos?

–Todo. Las líneas de la embarcación, el movimiento de las olas y que te puedan llevar a vivir una aventura.

–Tienes buen gusto.

–¿Hasta dónde llegas? –preguntó ella.

Matt tosió.

–¿Cómo dices? –preguntó Ralph.

–Con tus barcos –respondió ella inclinándose levemente hacia él–. ¿Oregón?, ¿California?, ¿Canadá?

–Washington y Oregón, sobre todo.

–¿Piensas expandirte?

Ralph miró brevemente a Matt. ¿Era una mirada culpable?

–Tal vez en el futuro –contestó volviendo a mirar a Tasha.

–¿Tienes muchas clientas? –preguntó ella cambiando de tema–. A mis amigas y a mí nos gusta divertirnos.

–Sí, montamos muchas fiestas en Waterside.

–En Whiskey Bay –comentó ella rozando el brazo de Matt– se inclinan más por gente mayor –Matt se puso rígido, pero ella añadió–: ¿Tenéis página web? No he visto anuncios vuestros.

–La estamos mejorando.

–¿Queréis llegar a nuevos mercados? Tenéis el Medio Oeste al lado, con una elevada clientela en potencia. La primavera sería el momento ideal para captar su atención.

–¿Tienes trabajo?

–¿Me lo estás ofreciendo? –preguntó ella riendo.

–Serías una excelente embajadora.

–Eso es lo que no dejo de repetirle a Matt.

–Vas a perder el barco, Matt –dijo Ralph en tono levemente burlón, pero sin dejar de mirar a Tasha.

–Puede tener el trabajo que quiera en Whiskey Bay y todo el tiempo que desee –apuntó Matt.

Ralph le lanzó una rápida mirada. Lo que vio en sus ojos le hizo dar marcha atrás.

–Encantado de conocerte, Tasha.

Matt se despidió de él y se alejo con Tasha.

–Ha sido interesante –afirmó ella.

–¿Eso es lo que te ha parecido?

–Sí. Quiere ampliar el negocio. Y algo de ti le ha puesto nervioso.

–Porque estaba intentando robarme a mi acompañante.

–No, reaccionó cuando le pregunté si iba a expandirse. Y está cambiando su página web. Creo que tiene la intención de quitarte la clientela.

–Es a ti a quien quiere quitarme.

–No te pongas paranoico.

–Hola, Matt –dijo una voz femenina. Tasha se quedó atónita al verse frente a Dianne.

–¿Qué haces aquí, Dianne? –preguntó Matt sin alterarse.

–Disfrutar de la fiesta –miró a Tasha de arriba abajo con desprecio.

Tasha ya había visto muchas veces esa expresión en mujeres que estaban convencidas de ser superiores a otra que fuera un simple mecánico y que querían ponerla en su sitio. De todos modos, pensó que debería comportarse con simpatía, ya que Dianne se hallaba en una difícil situación.

–Feliz Navidad –dijo a Dianne.

–Ya veo que te has quitado esos harapos grasientos. ¿Ese vestido es del año pasado?

–Creo que un Bareese es atemporal –contestó Tasha. Después observó el vestido de Dianne–. Ese Moreau debe de costar una fortuna. Podrías subastarlo al final de la fiesta –afirmó con ojos inocentes–. Para recoger fondos.

Matt reprimió una carcajada.

Dianne la miró furiosa.

–Serás…

–Es hora de que ocupemos los asientos –dijo Matt tomando de la mano a Tasha–. ¿Qué te pasa? –preguntó mientras se alejaban.

–Lo siento. No debí haberle dicho eso. Ha sido una grosería.

–Es Dianne la que ha sido grosera. Y te lo agradezco –afirmó él acelerando el paso–. Si sigues así, se va a marchar de la ciudad a toda prisa. Además, se merece que, de vez en cuando, le paguen con la misma moneda.

El elogio de Matt la alegró. No estaba orgullosa de haberse portado mal con Dianne, pero Matt estaría mejor si ella se marchaba. Y Tasha pensó que ella también.

# *Capítulo Seis*

El discurso de Matt había ido bien. La gente se había reído y aplaudido en los momentos adecuados, de lo cual se había alegrado. Pero más se había alegrado al ver a Tasha en primera fila sonriendo. Le resultaba increíble lo femenina, hermosa y elegante que estaba en aquel esplendoroso entorno. La transformación había sido sorprendente.

Mientras bailaban, él dijo:

–Ya lo habías hecho antes.

–¿El qué? ¿Bailar? Sí.

–Ser la reina de la fiesta.

–No lo soy –dijo ella sonriendo.

–Para mí, sí.

–¿Estás flirteando conmigo?

–No, te estoy desarmando.

–No va a servirte de nada –comentó ella riéndose. Él supuso que era cierto.

–Definitivamente, esto ya lo habías hecho antes.

–He estado en unos cuantos bailes de esta clase.

–Jamás lo hubiera imaginado. Nunca has dicho nada sobre tu elegante forma de vida en el pasado.

–No pienso mucho en ella.

–Pues se te da muy bien bailar.

Matt se había quedado desconcertado ante su habilidad para la conversación trivial con objeto de que los dueños de los otros puertos deportivos se relajaran y hablaran. No habían hallado pistas sólidas, pero se habían enterado de que Waterside Charters iba a ampliar el negocio y que Rose and Company adquiriría un nuevo yate en primavera.

–Que se te dé algo bien no significa que te guste.

–Pero, ¿te gusta bailar?

–Sí, pero no con estos zapatos.

–¿Te hacen daño?

–Sí. Además no me están del todo bien.

–¿Quieres que paremos?

–Sobreviviré.

Matt pensó en buscar un sitio para sentarse, pero le gustaba tenerla en sus brazos.

–¿Y dónde se celebraban esos bailes a los que acudías?

–Sobre todo en Boston. Algunos, en Nueva York. Uno en México, cuando tenía dieciséis años.

–¿Eres de Boston? –preguntó él sorprendido.

–¿Tú también?

–Del sur.

–¿Y te fuiste? –ella era ahora la que parecía sorprendida.

–Sí, pero toda mi familia sigue allí.

–¿Tienes hermanos?

–Tres hermanos y dos hermanas. Soy el pequeño. ¿Y tú?

–¿Seis hijos? Tus padres debieron de estar muy ocupados. Yo soy de Beacon Hill.

Era un barrio rico.

–Es un barrio muy agradable –comentó él.

–Es un barrio de gente estirada. Al menos lo era la que yo conocía y, sobre todo, los amigos y socios de mis padres. Me moría de ganas de marcharme para evitar que me siguieran juzgando.

–¿Tu familia sigue allí? –preguntó él. Sin saber por qué, el hecho de que ella también fuera de Boston había reforzado su conexión con ella.

–Por supuesto.

–¿Tienes hermanos?

–Dos hermanas. También soy la pequeña.

–Ser el pequeño hace que te salgas más veces con la tuya.

–También que sea más fácil marcharte de la ciudad.

–¿Te llevas bien con tu familia?

–No tenemos mucho en común.

–A mí me pasa lo mismo.

Parecía que su familia y él vivieran en dimensiones distintas. Él valoraba el éxito económico. Había trabajado para conseguirlo y lo disfrutaba sin problemas. Su familia recelaba de los triunfadores.

Dianne pensaba igual que él. Era una de las cosas que lo había atraído de ella. Le gustaban las cosas bellas y no se disculpaba por ser ambiciosa.

–Mi familia se conforma con pagar las facturas, llevar a los niños a clases de baile al centro social y vitorear a los Red Sox cuando van de pícnic.

–¡Qué horror! –exclamó ella en tono burlón.

–Yo quería algo más.

–¿Por qué?

–¿Por qué no? –Matt miró a su alrededor–. Esto, por ejemplo, es estupendo. Y ¿a quién no le gusta tener la libertad de hacer los viajes que quiera, comer en los restaurantes que desee o aceptar invitaciones a fiestas?

–¿De verdad eres libre, Matt?

–Claro que sí.

La vida que había elegido le había permitido triunfar de una forma que le satisfacía. Si se hubiera quedado en Boston, se hubiera casado y hubiera tenido hijos, no estaría contento consigo mismo.

Esa vez fue Tasha la que miró a su alrededor.

–¿No te parece que todo esto te limita?

–Por supuesto que no –no entendía la actitud de ella–. Estoy aquí por decisión propia.

–¿Toda esta gente no te parece falsa?

–Tal vez quienes estén intentando sabotear mis yates. Sin embargo, ni siquiera estamos seguros de que se encuentren aquí. Es igual de probable que se encuentren en The Edge.

–¿Qué tiene de malo The Edge?

–Nada. Es muy distinto de esta fiesta. Es como el sur de Boston y Beacon Hill. ¿De verdad crees que hay gente que prefiere el sur de Boston?

–Puede que la haya.

–Es cierto que los de allí son orgullosos. Pero si les dieras la oportunidad, se marcharían a Beacon Hill volando.

–Es triste que creas eso.

–No es triste. Y no es que lo crea: es la verdad.

Tasha dejó de bailar.

–Gracias por el baile, Matt.

–¿No te habrás enfadado conmigo?

–Mis pies necesitan descansar.

–Te llevo a…

–No. Nos vemos después.

–Tasha –dijo él sin creerse que se estuviera alejando.

Tasha no estaba enfadada con Matt, sino triste. Aunque hubiera ganado mucho dinero, hasta ese momento Matt le había parecido una persona práctica que se había hecho rica de forma accidental al hacer algo que le encantaba. Al descubrir que su objetivo había sido ganar dinero se había sentido defraudada.

Al verlo actuar aquella noche, se dio cuenta de que su instinto inicial había sido correcto, que Matt era de esa clase de hombre de la que había huido y que a su padres les encantaba. Si la fiesta se estuviera celebrando en Boston, sus padres hubieran hecho lo imposible por lanzarla a sus brazos. Los Lowell eran una antigua familia bostoniana, pero hubieran aceptado a Matt, a pesar de proceder del sur de Boston, por su dinero. Su padre, sobre todo, respetaba a los hombres que se abrían camino por sí solos.

Tasha cruzó el vestíbulo y siguió las indicaciones para llegar al servicio. Allí se sentaría y se quitaría los zapatos. Al doblar una esquina, vio a Dianne sentada en un banco frente a una ventana. Tenía la cabeza gacha y le temblaban los hombros. Lo único que le faltaba a Tasha era tener que consolarla, pero Dianne se hallaba en aquel estado, en parte, por su culpa, por haber sido tan grosera con ella al sugerirle que subastara el vestido.

Se acercó a ella y Dianne alzó la cabeza. La miró horrorizada. Se secó rápidamente las lágrimas con la mano.

–¿Te encuentras bien? –pregunto Tasha.

–Sí.

Tasha suspiró y se sentó en el otro extremo del banco.

–Pues no lo parece.

–Se me ha metido algo en los ojos. O tal vez sea alérgica a algún perfume.

Tasha se dijo que debería aceptar la explicación y marcharse. No conocía a Dianne y estaba segura de que era la última persona con quien esta querría hablar. Pero le pareció cruel dejarla allí.

–Es evidente que te pasa algo.

–Eres muy observadora. ¿Qué quieres? ¿Restregármelo por las narices? ¿Otra vez?

–No, lo que quiero es disculparme. He sido maleducada contigo. Creí que eras más fuerte. No era mi intención molestarte.

–No eres tú –dijo Dianne cambiando de tono–. Es… –cerró lo ojos y dos lágrimas le rodaron por las mejillas–. No puedo.

–¿Hablar conmigo empeorará las cosas? –preguntó Tasha poniéndole la mano en el brazo.

Dianne se estremeció, abrió los ojos y miró a Tasha.

–Lo he echado todo a perder.

–¿Te refieres al dinero?

–François era encantador, atento y cariñoso –dijo Dianne asintiendo–. Matt siempre estaba trabajando. Nunca quería ir de viaje conmigo. Creí que nuestra vida sería distinta, pero no era divertida. Lo único que le importaba era trabajar. Entonces, conocí a François. No lo hice aposta. No soy mala persona.

–No creo que lo seas.

Tal vez no fuera la persona adecuada para Matt y fuera egoísta, pero, en aquel momento, solo parecía triste y derrotada. Y Tasha no era de piedra.

–Creí que el hecho de que François no quisiera una separación de bienes era la prueba de que me quería. Parecía que tenía mucho más dinero que yo. Y, como invertía con tanto éxito, pensé que yo no perdería. Pero perdí. Y esperaba que Matt…

–¿Qué quieres de él exactamente?

Dianne se encogió de hombros.

–Al principio creí que todavía tendríamos una oportunidad. Fui yo la que le dejó, así que pensé que tal vez él… –negó con la cabeza–. Pero te conocí y comprendí que él había pasado página.

Tasha estuvo a punto de confesarle que estaba equivocada, pero sabía que Matt no quería reconciliarse con Dianne y que decirle que Matt y ella no estaban juntos sería traicionarlo.

–¿Y ahora?

–No lo sé, de verdad –se le volvieron a llenar los ojos de lágrimas.

–Necesitas un plan –afirmó Tasha con suavidad–. Debes cuidar de ti misma.

–No puedo.

–Claro que puedes. Todos podemos. Es cuestión de buscar tus puntos fuertes.

–Mi punto fuerte es casarme con hombres ricos.

–Eso no es verdad. Y aunque fuera tu único punto fuerte, no debes depender de él. Mira lo que te ha pasado la última vez.

–No tengo dinero y me van a anular las tarjetas de crédito por no pagar. Voy a acabar vendiendo la ropa en la calle.

–No te pongas melodramática. ¿Y tu familia? ¿No podrías volver a vivir con ella?

–No tengo a nadie. Cuando mi padre murió, mi madrastra me mandó a un internado. No veía el momento de deshacerse de mí.

–¿Vive en Washington?

–En Boston.

–¿Tú también? –preguntó Tasha sorprendida.

–¿Eres de Boston?

–Sí.

–Te apellidas Lowell. ¿Eres de la famosa familia Lowell?

–No sé si es famosa –contestó Tasha incómoda.

–¿La biblioteca Vincent Lowell?

–Lleva el nombre de mi abuelo.

–¿Lo sabe Matt? –Dianne se respondió sola antes de que Tasha pudiera hacerlo–. Claro que lo sabe. ¿Cómo no me había dado cuenta antes? Eres su pareja soñada.

Tasha estaba segura de que Matt no sabía nada. De todos modos, no había mucho que saber. Los Lowell era un antigua familia bostoniana, pero había muchas parecidas.

–¿Quieres volver a Boston? –preguntó Tasha volviendo a dirigir la conversación hacia ella.

–De ninguna manera.

–¿Quieres quedarte aquí?

–Aquí tampoco hay nada para mí –a Dianne se le quebró la voz– si no está Matt.

–Tienes que pensar en buscar trabajo. Eres joven. ¿Fuiste a la universidad?

–Solo un año. Estudié Bellas Artes y suspendí la mayoría de las asignaturas.

–¿Qué te gustaría hacer? ¿Qué se te da bien?

–¿Por qué haces esto? –preguntó Dianne mirando a Tasha a los ojos.

–Quiero ayudarte –contestó esta con sinceridad.

–¿Por qué? No significo nada para ti.

–Eres un ser humano y eres de Boston.

–¿Eres un alma caritativa?

–No lo sé.

–Daba fiestas –dijo Dianne burlándose de sí misma–. Sé hablar de trivialidades y pedir entremeses.

A Tasha se le ocurrió una idea.

Caleb tenía restaurantes de lujo por todo el país. Tal vez Jules, a quien Tasha conocía mejor que a Caleb, estuviera dispuesta a ayudar a Dianne.

–Voy a preguntar por ahí.

–A Matt no va a gustarle.

–Me da igual –Tasha no sabía si le gustaría o no, pero era indudable que aprobaría cualquier cosa que ayudara a Dianne a cuidar de sí misma. Era un hombre muy razonable.

Mientras volvían a casa en el coche, Tasha parecía absorta en sus pensamientos. Matt pensó que seguía enfadada con él por valorar la seguridad económica por encima de todo. Le gustaría volver a hablar del asunto para que ella entendiera sus motivos, pero, en aquel momento, no quería que volvieran a discutir.

–¿De verdad que se podía haber provocado un incendio? –le preguntó.

Ella, que estaba mirando por la ventanilla, volvió la cabeza hacia él.

–¿Qué?

–En el Salty Sea. ¿Podía haber habido un incendio?

–Casi seguro. La chispa del cable roto habría hecho explotar el combustible.

–Es extraño oírte hablar de motores vestida así.

–Por eso no me visto nunca así.

–Pues estás fantástica.

–Siento que no soy yo. No veo el momento de quitarme el vestido –se agachó y se quitó los zapatos, lo cual, a Matt, le resultó muy sexy. Inmediatamente se la imaginó bajándose los tirantes del vestido. Se removió en el asiento.

–¿Te duelen los pies?

–Mucho. Las botas de puntera metálica no serán muy vistosas, pero son cómodas.

–No te irían bien con el vestido.

–Ja, ja, ja.

–Y te sería difícil bailar con ellas.

–Pues me hubiera gustado intentarlo –apuntó ella al tiempo que doblaba las piernas y subía los pies al asiento. Comenzó a masajearse un pie.

–Mañana van a instalar las nuevas cámaras –comentó Matt mientras resistía la tentación de agarrarle el pie para darle él el masaje.

–Las necesitamos. Voy a duplicar las inspecciones. Alex y yo vamos a examinar cada barco antes de que zarpe del puerto.

–¿No será mucho trabajo?

–Solo podría hacer todo lo que quiero si contrataras a tres mecánicos más de los que ya tenemos. Pero podemos cubrir lo básico.

–¿Necesitas que contrate a alguien más?

–Voy a convocar a todos los mecánicos contratados –contestó ella mientras comenzaba a frotarse el otro pie–. Quiero creer que esto es algo temporal. La próxima vez que ese tipo intente algo, la cámara lo registrará y lo detendremos.

Matt cedió a la tentación y le agarró el pie.

–¡No! –exclamó ella sobresaltada–. No es buena idea.

Matt no le hizo caso, se puso el pie en el regazo y le presionó el arco con el pulgar.

Ella lanzó un leve gemido.

–Esas ampollas tienen muy mal aspecto.

–Se me curarán.

–¿Por qué no me lo has dicho?

–Lo he hecho.

–Pero no que los zapatos te estaban haciendo ampollas –le frotó con cuidado la piel alrededor de estas.

–Eso me alivia.

–¿Quieres tomarte el día libre mañana?

–Qué gracia.

–Lo digo en serio. Es domingo. No trabajes.

–¿Y dejar que Alex cargue con todo?

Matt no supo qué contestar. Admiraba la ética laboral de Tasha, pero no podía consentir que acabara quemada. Y los pies le dolerían al día siguiente.

–Si no me vuelvo a calzar esos zapatos, me pongo tiritas y calcetines gruesos, estaré bien.

El camino que llevaba al puerto deportivo apareció a la derecha. Se quedaron en silencio mientras el coche se dirigía a las habitaciones de los empleados. Matt siguió masajeándole el pie. La imagen que ella daba de fuerza y solidez en el trabajo contrastaba con la de aquel momento, suave, casi delicada.

Cuando el chófer apago el motor, se inclinó para recoger los zapatos femeninos.

–¿Qué haces? –preguntó ella.

–Espera aquí –Matt se bajó, dio una propina al chófer, rodeó el coche, le abrió la puerta a Tasha y la tomó en brazos.

–Bájame –protestó ella.

–No puedes volver a ponerte los zapatos.

–Pues iré descalza.

–¿Por las piedras y el barro?

–Que me bajes –insistió ella, pero le rodeó los hombros con los brazos. Matt cerró la puerta del coche con el hombro y se dirigió a la escalera que conducía a las dependencias del personal.

–Esto es ridículo. Espero que no nos vea nadie.

–Está oscuro.

–Pero hay luz en el porche.

–Es más de medianoche. Todos estarán durmiendo –Matt sonrió para sí. Sabía que ella detestaba todo lo que la hiciera parecer débil–. No hay que avergonzarse de tener ampollas.

–No me avergüenzo de eso, sino de que un hombre de las cavernas me lleve a mi habitación, porque, supuestamente, no puedo llegar a ella yo sola.

–Llevo esmoquin, probablemente, los hombres de las cavernas no lo llevaran.

A modo de respuesta, ella le dio una palmada en el hombro.

–Ya hemos llegado. Bájame.

–Me gusta tenerte en brazos. Eres ligera, suave y te huele el cabello a vainilla.

–La puerta no está cerrada.

–¿No lo dirás en serio? ¿Con todo lo que está pasando? –agarró el picaporte y abrió la puerta. Dejó a Tasha en el suelo e inmediatamente encendió la luz e inspeccionó la habitación con su pequeña cocina, la zona de estar y la cama doble. Después abrió la puerta del cuarto de baño.

–Matt, no seas ridículo.

Estaba enfadado con ella. Alguien los tenía en su punto de mira por razones desconocidas, sobre todo a ella, ¿y salía sin cerrar la puerta con llave?

–Al menos cerrarás por la noche.

–Puedo empezar a hacerlo –contestó ella con expresión culpable.

–Puedes apostar lo que quieras a que lo vas a hacer –afirmó él acercándose y situándose frente a ella–. Y vas a empezar esta noche, ahora mismo.

–No hace falta que te enfades.

–Tengo miedo por ti –dijo él mirando sus bellos ojos verdes–. Quiero protegerte. Quiero…

Se miraron fijamente a los ojos y el sonido del agua llenó el silencio. Ella era un sueño hecho realidad. Delicada y cautivadora, estaba despeinada y se le había bajado un tirante del vestido. Matt deseaba besarle el hombro más de lo que había deseado nada nunca. Y cedió a la tentación.

Se inclinó hacia ella agarrándola de los brazos y la besó levemente en el hombro. Después se lo lamió con la punta de la lengua. Volvió a besarla y fue ascendiendo por el cuello. Ella inclinó la cabeza para que lo hiciera mejor. Él le apartó el cabello para besarla en la oreja, la sien, los ojos cerrados y, por último, la boca.

Tasha le devolvió el beso al tiempo que le agarraba por la cabeza.

Él extendió el brazo por encima de ella para cerrar la puerta. Y la besó más profundamente.

Comenzó a bajarle la cremallera del vestido, pero se detuvo para acariciarle la espalda.

–No pares –gimió ella–. No pares.

# *Capítulo Siete*

Todo desapareció de la mente de Tasha, salvo el sabor de los labios de Matt, el tacto de sus manos y el sonido de su voz. El corazón de él latía contra el suyo. Ella deseaba lo que estaba sucediendo; mejor dicho, lo necesitaba. Lo que se había ido forjando entre ellos durante días y días había estallado y no había forma de pararlo.

Le quitó el esmoquin y lo lanzó a una silla. Le soltó la pajarita, le besó en la barbilla y le desabotonó la camisa mientras él le acariciaba la espalda. Tenía las manos calientes y la punta de los dedos encallecida. Al quitarle el esmoquin, pareció haberle arrancado al mismo tiempo la fachada de urbanidad que lo protegía. Por debajo era duro, musculoso y masculino. Tenía una pequeña cicatriz en el pecho y otra en el hombro.

Ella le besó la del hombro y recorrió la del pecho con el dedo.

—¿Qué te pasó?

—Una es de la manivela de un cabestrante; la otra, de una ola que me arrastró.

—Deberías tener más cuidado.

—Lo tendré.

Matt le bajó los tirantes del vestido y le dejó los senos al aire.

–Preciosos –afirmó mirándolos.

Hacía tiempo que un hombre no la veía desnuda. En realidad, ninguno la había visto así, salvo un estudiante de dieciocho años. Se alegró de que Matt hubiera sido el primero y se deleitó con el deseo de su mirada.

Él le rozó un pezón con el pulgar. Ella contuvo el aliento al tiempo que se estremecía. Cerró los ojos, esperando que volviera a hacerlo.

–Tasha –susurró él tomando los senos en sus manos. El vestido cayó al suelo.

Matt deslizó las manos hasta sus nalgas, cubiertas por una braguitas de satén. Sus labios volvieron a unirse y ella le abrió la camisa, por lo que la piel de ambos entró en contacto.

–Qué suave eres –murmuró él mientras volvía a explorarle los senos.

Un torrente de sensaciones le descendió desde los endurecidos pezones hasta el vértice de sus muslos. Impaciente, le desabrochó el cinturón y le bajó la cremallera de los pantalones. Él gimió cuando lo rozó con los nudillos.

La tomó en sus brazos y la llevó a la cama, apartó las mantas y la depositó sobre las sábanas. Se quitó los pantalones y, de rodillas frente a ella, le bajó lentamente las braguitas hasta los muslos, las rodillas y los tobillos, antes de quitárselas.

Le besó un tobillo y, después, la rodilla, el muslo y el hueso de la cadera. Y siguió subiendo hasta llegar a los senos, que también besó. Ella le introdujo los dedos en el cabello mientras se retorcía de deseo.

–¿Tienes un preservativo? –preguntó sin aliento.

–Sí, no te preocupes –volvió a besarla en la boca y, a continuación, la acarició todo el cuerpo descubriendo lugares secretos y haciendo que ella se retorciera de impaciencia y necesidad.

–Matt, por favor –gimió al fin.

–Sí –dijo él mientras se situaba sobre ella y le acariciaba los muslos. Ella lo miró fijamente mientras la penetraba con lentitud. Tasha levantó las caderas y enlazó las piernas en su cintura.

Él se movió en su interior mientras la apretaba contra sí y la besaba más y más profundamente. Ella respondió a cada embestida de su lengua con la suya y se aferró a su espalda.

La habitación subió de temperatura. Las olas sonaron con mayor fuerza al golpear contra las rocas. Matt se movía cada vez más deprisa, y ella se arqueaba para ir a su encuentro. El ritmo seguía aumentando.

El clímax comenzó como una ola caliente que se apoderó de su vientre, sus senos, sus brazos y sus piernas. Le hizo cosquillas en los dedos de los pies y en la raíz del cabello. Gritó antes de sentir que volaba y flotaba.

–¡Tasha! –gritó Matt mientras se estremecía contra ella, que absorbió cada temblor y cada latido de su corazón. La recorrieron interminables oleadas de placer hasta que, al final, se quedó inmóvil, exhausta, incapaz de moverse bajo el agradable peso del cuerpo masculino.

No sabía qué había hecho.

Mejor dicho, sabía lo que había hecho, pero también que no debería haberlo hecho.

—Para —le murmuró él al oído.

—¿Que pare de qué?

—Noto que te estás replanteando lo que acaba de suceder —dijo él apoyándose en un codo.

—No podemos deshacerlo.

—¿Quién quiere semejante cosa?

—Nosotros. Al menos, debiéramos. No formaba parte del plan.

—¿Es que había un plan?

—Deja de burlarte de mí.

Matt la abrazó tiernamente.

—Tasha, hemos hecho el amor. La gente lo hace continuamente. Te prometo que el mundo no va a dejar de girar.

—Puede que tú lo hagas continuamente.

—No me refería a eso —se apartó un poco de ella para mirarla. Le quitó el cabello de los ojos—. No lo hago continuamente. Mi matrimonio fue muy mal durante bastante tiempo. Desde entonces… Bueno, acabo de empezar a salir de nuevo.

A Tasha no debería importarle con quién había estado Matt antes, pero se alegró de que no hubiera llevado una vida sexual activa.

—Yo… —se detuvo en seco al darse cuenta de lo ingenua que iba a parecerle.

—¿No serías…? —preguntó él mirándola con los ojos como platos.

—¿Virgen? No, te lo hubiera dicho.

—Menos mal.

—Tuve un novio al acabar la secundaria.

–¿Solo uno?

–No pude salir con nadie mientras estudiaba Formación Profesional. Éramos tres chicas en una clase de treinta y seis, y éramos lo bastante inteligentes para darnos cuenta de que salir con alguno de aquellos chicos hubiera eliminado la posibilidad de que nos trataran como a iguales.

–Entonces, ¿solo saliste con uno?

–Sí –reconoció ella sintiéndose un poco tonta. No debería habérselo contado.

–Pues, es un honor para mí, Tasha –dijo él antes de besarla tiernamente en la boca.

–Eso ha sonado muy moderno.

–Podría ser también un honor para ti –dijo él sonriendo.

–Muy bien –afirmó ella intentando no sonreír a su vez–. Matt, es un honor para mí. Pero también me siento avergonzada. Y estoy segura de que pronto lo lamentaré.

–Pero todavía no.

–Noto que está llegando.

–No tienes nada que lamentar.

Ella se movió para librarse de la presión de él en la cadera, por lo que él se echó a un lado.

–Lo mismo dijiste cuando nos besamos por primera vez –comentó ella mientras se sentaba y se cubría los senos con la sábana.

–¿Y lo lamentaste?

–No lo sé –las cosas habían cambiado radicalmente entre ambos. ¿Por culpa de ese beso? No quería analizarlo en aquel momento.

–Puedo quedarme –dijo él en voz baja.

Ella se apartó unos centímetros de él y elevó la voz al preguntar:

–¿Cómo?

–No tengo que irme corriendo.

–Claro que sí –buscó su ropa con la mirada. Quería levantarse inmediatamente–. No puedes quedarte. Son las habitaciones de los empleados. Debes marcharte mientras sea de noche, antes de que comience la jornada laboral.

Matt no pareció contento, pero entendió la situación.

–Lo sé. Esto no es precisamente discreto, pero no quiero dejarte –intentó abrazarla y ella lo evitó.

–Si no te marchas o alguien te ve, será como volver a aquella clase, solo que esta vez habré tenido una aventura de una noche con un profesor.

–¿Yo soy el profesor? –preguntó él enarcando una ceja.

–Ya me entiendes. Tú eres la figura de autoridad. Es peor que acostarse con un compañero. Perdería toda mi credibilidad.

–Te respetan, Tasha. ¿Y quién dice que esto es una aventura de una noche?

–Es precisamente lo que es.

–Pero…

–Pero nada, Matt. La probabilidad de que esto nos lleve a alguna parte, a algo más que a una aventura basada en la química, es de… no sé: de un cinco o un seis por ciento. La probabilidad de que destroce mi credibilidad y mi reputación es del noventa por ciento. ¿Qué harías en mi lugar?

—¿De dónde has sacado ese cinco o seis por ciento?

—He hecho un cálculo rápido.

—¡Qué locura! —exclamó, tratando de nuevo de abrazarla. Ella se separó más de él.

No quería que se fuera, pero debía hacerlo. Y hacerlo antes de que ella se ablandara.

—Por favor, Matt.

—De acuerdo —dijo, y se levantó.

Ella no quería mirarlo andar desnudo por la habitación, pero no pudo evitarlo. Era magnífico, y contemplarlo le devolvió imágenes de cómo habían hecho el amor. Se le puso la carne de gallina. Sin embargo, debía ser fuerte y dejar que se fuera.


Matt, Caleb y T.J., guiados por Noah Glover, experto electricista, habían pasado el día instalando las nuevas cámaras de seguridad. Para agradecer su ayuda, Matt había invitado a cenar en su casa a Caleb y a Jules, a T.J. a Noah y Melissa, la hermana de Jules.

Matt no podía dejar de pensar en Tasha. Apenas la había visto en todo el día. Se había pasado la noche pensando en ella y deseando haberse quedado a dormir con ella. Se sentía vacío, después de la forma increíble en que habían hecho el amor.

—Espero que las nuevas cámaras sirvan para descubrir a ese tipo —dijo T.J.

Matt estaba poniendo la mesa, ya que Jules lo había expulsado de la cocina.

—Me da igual lo que tenga que hacer, pero voy

a atraparlo y a meterlo en la cárcel. La última vez pudo haberse provocado un incendio y haber habido heridos o algo peor.

–¿Y tus competidores? –preguntó T.J.

–Hablé con todos anoche, en la gala. Waterside Charters va a ampliar el negocio y Rose Company va a comprar un nuevo yate. A sus dueños les gustaría robarme la clientela, pero no los veo haciéndolo de esa manera.

–¿Entonces?

–Pronto lo averiguaremos –Matt miró por la ventana hacia las dependencias del personal del puerto deportivo. Tasha estaba allí. Se sacó el móvil del bolsillo–. Vuelvo ahora mismo –le dijo a T.J. mientras se dirigía al pasillo.

Le mandó un mensaje telefónico diciéndole que iba a cenar en su casa con Caleb y Jules para hablar de las nuevas cámaras y la invitaba a subir. Era una excusa. Simplemente quería estar con ella.

Me marcho ahora mismo a tomar algo con unos amigos, fue la respuesta de Tasha.

La decepción que experimentó fue como un puñetazo en el estómago. Quería preguntarle con quién iba y adónde. Y, sobre todo, por qué los había elegido a ellos en vez de a él.

–Hola, Matt –Noah se acercó a él por el pasillo.

–Hola. Gracias de nuevo por la ayuda que nos has prestado hoy,.

–De nada –Noah parecía nervioso–. ¿Te importa que me encargue yo del postre?

–¿Has traído un postre?

–No, una botella de champán. Y esto –Noah

sacó una cajita de terciopelo. No cabía duda alguna sobre su contenido.

–¿Vas en serio? –preguntó Matt sorprendido.

–Totalmente –contestó Noah al tiempo que abría la cajita y aparecía un anillo con un solo diamante.

–¿Estás seguro? –Matt bajó la voz–. Me refiero a que si estás seguro de que quieres pedir en matrimonio a Melissa delante de todos nosotros.

–Os habéis portado de maravilla –afirmó Noah sonriendo con timidez–. Sois como de la familia, por lo que creo que a Melissa le gustaría compartir ese momento con vosotros.

–¿Lo sabe Jules?

–No lo sabe nadie.

–Muy bien –Matt sonrió. Noah le parecía digno de admiración–. El postre es todo tuyo.

Noah se guardó la cajita en el bolsillo y Matt lo palmeó en el hombro mientras volvían al salón.

–Todo listo –gritó Jules desde la cocina.

Matt y T.J. se sentaron a ambos extremos de la mesa, Caleb y Jules de espaldas al ventanal y Noah y Melissa frente a ellos. Matt encendió las velas y Caleb sirvió el vino que había traído de su excelente bodega.

–¿Por qué no has puesto adornos navideños? –preguntó Jules a Matt–. Ni siquiera el árbol.

–No le veo mucho sentido –Matt no iba a poner los adornos que había compartido con Dianne. Y tampoco le apetecía ir a comprar otros.

–¿Te resulta deprimente estar solo en Navidad?

Matt no se sentía en absoluto deprimido, sino

aliviado. La Navidad anterior, que había pasado con Dianne, había sido dolorosa.

—Estoy bien —le contestó a Jules—. Es solo que este año no tengo ganas.

—Pues yo no lo soporto —comentó Melissa—. Hay que hacer algo. Tienes adornos, ¿verdad?

—Eso es cosa de Matt, Melissa —intervino Noah.

—No pasa nada —Matt no quería, bajo ningún concepto, que Noah y Melissa discutieran.

—Necesita adornos nuevos —apuntó T.J.—. Eso fue lo que yo hice, aunque esperé a que pasara la primera Navidad —se hizo un silencio en la mesa, ya que todos recordaron la muerte de su esposa—. Ya han pasado dos años y estoy bien y deseando celebrar la Navidad.

—Ven a casa —dijo Jules—. Venid todos.

—Ya veremos cuando el día esté más cerca —Matt no quería que su impulsiva invitación la pusiera en un compromiso.

Era la primera Navidad de Jules con Caleb. Y Noah y Melissa, para entonces, ya se habrían comprometido. Las dos hermanas estaban intentando mejorar la relación con su padre, por lo que tal vez no necesitaran más gente alrededor en un día como aquel.

Matt volvió a pensar en Tasha y en lo que habría hecho la Navidad anterior. Se lo preguntaría.

Sus amigos siguieron hablando y él les siguió la corriente, pero, en realidad, su mente no estaba allí, sino pensando dónde estaría Tasha, qué estaría haciendo y con quién.

Cuando acabaron de cenar, Matt retiró los platos mientras Jules cortaba una tarta de chocolate y avellanas que él había comprado en una pastelería del pueblo.

–Me encanta esa tarta –comentó Melissa–. ¿Tienes nata?

–Ahora te la traigo –contestó Matt.

Cuando Matt volvió a sentarse, Noah se levantó.

–Antes de que empecemos…

–No –gimió Melissa en broma, ya que deseaba atacar la tarta sin esperar ni un segundo más.

Noah fue a por la botella de champán a la nevera.

–Esto requiere la bebida adecuada.

–Mi preferida –afirmó Melissa.

Matt fue rápidamente a buscar copas al armario.

–¡Qué bien! –exclamó Caleb. ¿Qué celebramos?

–Nuestra buena amistad –dijo Noah al descorchar la botella. Llenó las copas y Matt las distribuyó antes de volver a sentarse.

Noah tomó la mano de Melissa, la levantó y la besó con dulzura. Su expresión hizo que ella se quedara inmóvil y que los demás se callaran.

–Me aceptaste desde el primer momento –dijo Noah–. Todos lo hicisteis, sin juzgarme ni recelar de mí.

–Yo sí que recelé –afirmó Caleb.

–Porque estabas protegiendo a Jules y a Melissa y porque era lo más sensato al conocer mi pasado.

–Pero me demostraste que estaba equivocado –aseguró Caleb.

–Lo hice. Y ahora espero… –Noah respiró hondo–. Melissa, cariño –se sacó la cajita del bolsillo.

Cuando la vio, Melissa lo miró con los ojos como platos y se ruborizó. Matt agarró el móvil a toda prisa, dispuesto a hacer una foto.

–¿Te quieres casar conmigo? –preguntó Noah al tiempo que abría la caja.

Melissa ahogó un grito, pero su hermana se puso a chillar. Y Matt consiguió una estupenda foto del momento.

–Es precioso –afirmó Melissa mirando el anillo.

–No tanto como tú.

–¡Sí! –exclamó ella volviendo a mirar a Noah–. ¡Sí, sí, sí!

Noah sonrió de oreja a oreja y todos los vitorearon. Noah puso el anillo a Melissa, la levantó de la silla y la besó y abrazó como si nunca fuera a soltarla. Matt hizo otra foto. Sintió una opresión en el pecho y volvió a pensar en Tasha. Así la había abrazado la noche anterior, y no la hubiera soltado por nada del mundo.

Tasha había decidido alejarse de Matt durante un rato. Necesitaba hacer algo normal para tener perspectiva. La forma en que habían hecho el amor la noche anterior le había desequilibrado la vida, por lo que le hacía falta recuperar el equilibrio.

Esa noche, Alex y ella habían ido a The Edge en taxi. Habían comenzado tomándose un par de tequilas y habían bailado con muchos hombres. Cuando apareció James Hamilton, Alex bailó con él varias veces seguidas, mientras Tasha seguía cambiando de pareja. Cuando Alex se reunió con ella en la mesa, Tasha estaba sudando e iba por la segunda margarita.

–¿Estáis juntos James y tú?

–No lo sé. Me gusta. ¿Por qué me lo preguntas?

–¿No te preocupa salir con un mecánico? ¿No crees que perderás credibilidad? A mí siempre me ha preocupado salir con alguien que trabajara en lo mismo que yo.

–Es arriesgado. Pero, hasta ahora, lo único que hemos hecho ha sido bailar.

–¡Ah! –exclamó Tasha sorprendida.

–¿Creías que me acostaba con él?

–La otra noche os marchasteis juntos.

–¿Será eso lo que todo el mundo cree? –se preguntó Alex riendo–.Y si es así, ¿qué es lo que me frena?

–No era mi intención juzgarte.

–No lo has hecho. Deja de preocuparte tanto. Hemos venido a divertirnos.

–Eso es –Tasha alzó el vaso para brindar. Al hacerlo vio a Matt en la puerta de entrada. Él la localizó de inmediato.

–No –susurró ella.

–¿Qué? –preguntó Alex.

–Nada. ¿Te importa que baile con James?

–¿Por qué iba a importarme? Adelante. Me vendrá bien descansar un rato.

Tasha se levantó y, mientras Matt se acercaba, ella se fue en dirección opuesta hacia donde se hallaba James.

–¿Bailas?

Él pareció sorprenderse, pero se recuperó enseguida.

–Desde luego –la agarró de la mano.

La pista estaba atestada de gente. Tasha pronto perdió a Matt de vista y se dejó llevar por la música. La canción acabó muy pronto, y Matt apareció a su lado. James se retiró.

No –dijo ella cuando intentó agarrarle la mano.

–No, ¿qué?

–No quiero bailar.

La música comenzó a sonar y tuvo que bailar para no llamar la atención. Comenzó a moverse bastante separada de Matt, pero él se le acercó y alzó la voz para que lo oyera por encima de la música.

–En algún momento tendremos que hablar.

–¿Qué prisa hay?

–¿Prefieres que la cosa vaya aumentando?

–Esperaba que fuera desvaneciéndose.

–Mis sentimientos no se desvanecen.

Ella miró a su alrededor, temerosa de que los pudieran oír. Se dirigió al borde de la pista. Matt la siguió.

–Tenemos que darnos tiempo. Los dos necesitamos espacio –afirmó ella cuando hallaron un rincón más tranquilo.

–¿Eres sincera al decir que tus sentimientos se están desvaneciendo?

No era así, sino que se estaban intensificando.

–Trabajamos juntos –prosiguió él–. Tenemos que interactuar para llevar a cabo el trabajo. Además, y por encima de todo, me preocupas.

–No hay nada de lo que preocuparse. Bueno, solo de una cosa: de ti.

–Muy graciosa, pero me mantengo alerta en busca de algo inusual.

–Yo también.

–Y he visto a un tipo. No mires. Está en la barra. Lleva un rato mirándote. Me parece sospechoso.

–¿Y qué tiene eso que ver con los yates?

–No lo sé. Nada, probablemente. Date la vuelta despacio, haz como si miraras el despliegue de botellas que hay detrás de la barra para elegir marca. Después mira al tipo con camisa azul y gorra de béisbol negra.

–Qué ganas tienes de complicarte la vida –le parecía como si estuviera en una película de espías.

–Quiero que sepas cómo es por si vuelve a aparecer.

–Muy bien, pero me parece ridículo.

El tipo parecía un hombre normal, de cincuenta y tantos años, que estaba sentado solo tomando algo. No la miraba.

–Ya está –dijo volviéndose hacia Matt.

–Muy bien. ¿Quieres tomar algo?

–Ya lo estoy haciendo.

Matt le miró las manos. Tasha no solía dejar la bebida en la mesa ni en la barra. Lo había hecho porque se había alejado a toda prisa al acercarse Matt.

–Voy a por otra copa –dijo al tiempo que se dirigía a la barra, con la esperanza de que no la siguiera. Pero él la alcanzó de inmediato–. Creí que estabas cenando con Caleb y Jules.

–Acabamos pronto. Noah y Melissa se han prometido.

–¿Le ha propuesto matrimonio delante de todos?

–Ha sido muy atrevido por su parte. Supongo que mis amigos se han sentido románticos y han decidido irse a casa pronto, lo cual es un fastidio para T.J. Se siente solo. Le gustaba estar casado.

–¿De qué murió su esposa?

–De cáncer de mama.

–Qué pena.

–Sí –contestó Matt con voz ronca–. Fue un duro golpe. ¿Qué quieres tomar?

–Voy a marcharme –aclararse las ideas con Matt a su lado era imposible.

–Tenemos que hablar.

–Otro día.

–No quiero que estés molesta.

–No lo estoy. En realidad, no sé cómo estoy.

–De acuerdo. No quiero presionarte.

Aliviada, Tasha pidió un taxi por el móvil y le dijo a Alex que se iba. Sabía que estaba haciendo lo correcto, pero se sintió vacía al dirigirse al aparcamiento.

# Capítulo Ocho

Cuando Tasha salió del bar, el desconocido también lo hizo. Matt lo siguió hasta la puerta para asegurarse de que no iba a acosarla en el aparcamiento. Pero ella se montó en el taxi y se fue. El desconocido lo hizo en coche y en dirección contraria.

Matt se dirigió a la mesa en la que estaba Alex.

–Hola, jefe –lo saludó con una sonrisa.

–¿Te diviertes?

–Mucho. ¿Conoces a James Hamilton?

–Encantado de conocerte, James –Matt le estrechó la mano.

–Lo mismo digo.

Matt volvió a dirigirse a Alex.

–¿Te has fijado si alguien ha prestado una atención especial a Tasha esta noche?

Alex lo miró perpleja, pero negó con la cabeza.

–Ha bailado con muchos, pero con nadie en particular.

–¿Te refieres a un tipo mayor con gorra negra? –preguntó James.

–Sí. La ha estado observando todo el tiempo que he estado aquí.

–Sí, yo también lo he notado, pero no ha hablado con ella. Como es muy atractiva, he supuesto que era por eso. Parecía inofensivo.

—Se ha marchado a la vez que ella —comentó Matt.

—¿Ha intentado hacer algo?

—No, he visto que ella se subía al taxi. Con todo lo que está pasando en el puerto deportivo…

—Sí, y cada vez más —apuntó Alex.

—¿Cómo que cada vez más?

—Sí, cosas pequeñas, cosas estúpidas.

—¿Ha habido algo más aparte de la fuga de combustible y el cortocircuito?

—Nada grave. Y hemos comprobado las imágenes de las cámaras. Nadie ha vuelto a escalar la verja.

—Entonces, ¿crees que ha sido un empleado que lo ha hecho durante el día?

—Puede ser, pero lo que me llama la atención es que los problemas siempre los encontramos en el trabajo que ha hecho Tasha.

—¿Estás segura?

—Totalmente. Son cosas insignificantes que solucionamos enseguida.

—¿Por qué no me ha dicho nada?

—Porque está empezando a poner en duda su propia memoria. Cualquiera de esas cosas pueden haber sido errores, aunque también hechos intencionados.

—La memoria de Tasha funciona perfectamente. Sigo preguntándome si será uno de mis empleados. Me niego a creerlo, pero… Tú acabas de llegar, ¿te resulta alguno sospechoso? —en ese momento, Matt sintió un mano en el hombro. Se volvió rápidamente. Era T.J.

–No sabía que hubieras salido tú también.

–Ni yo que tú vinieras por aquí –replicó Matt, sorprendido al ver a su amigo.

–He visto tu coche en el aparcamiento. No podía dormir. Hola, Alex –a continuación T.J. se volvió hacia James y se presentó.

–Ya sé quién eres –afirmó James–. Mi madre es enfermera en el hospital y me ha hablado de tus generosas donaciones.

T.J. agitó la mano para quitarle importancia.

–Es cosa de la empresa. Lo hacen muchas.

–En el hospital están encantados con el escáner que han comprado. Así que te lo agradezco en nombre de mi madre y en el mío propio.

–¿Quieres tomar algo? –preguntó Matt a T.J.

–Sí. ¿Cómo van las cosas?

–Un tipo ha estado mirando a Tasha toda la noche.

–¿Está ella aquí? –preguntó T.J. mirando a su alrededor.

–No, se ha marchado.

–¿No hay un camarero?

–Voy yo a la barra –se ofreció James.

–Te acompaño –dijo Alex.

–Tráeme una cerveza, por favor –dijo T.J.

–Lo mismo para mí –apuntó Matt–. Y tomad algo vosotros.

–Eres el mejor jefe del mundo –afirmó Alex sonriendo.

–Ya tienes instaladas las cámaras nuevas –dijo T.J. cuando Alex y James se alejaron.

–Sí, pero Alex me acaba de decir que ha habido

más incidentes menores que podrían haber sido provocados. Tasha no me había dicho nada –Matt le iba a hablar de ello, desde luego.

–No querrá que te comportes con ella como un caballero andante.

–Yo no hago eso.

–Te gusta.

Matt no iba a negarlo.

–Y te preocupas por ella. Aunque a mí me parece que sabe cuidar de sí misma.

–Por supuesto, pero sabe que estamos buscando a ese tipo. ¿Por qué me ha ocultado información?

–Pregúntaselo.

–Lo haré. Alex también me ha dicho que las cosas extrañas suceden solo después de que Tasha haya hecho alguna reparación, no cuando la ha hecho otra persona. Y luego está el tipo ese que la ha estado observando esta noche.

–Parece poco probable que esté relacionado con el sabotaje.

–Ha salido detrás de ella cuando se ha marchado.

–Igual estaba reuniendo valor para pedirle una cita.

–Le doblaba la edad.

–Algunos creen que siguen teniendo una oportunidad. Además, no sabía que tendría que pasar por encima de ti para llegar a ella.

–Me preocupa Tasha.

–Pues sigue preocupándote, pero no hagas nada vergonzoso.

–¿Cómo qué?

–Como encerrarla en una torre.

–Mi casa tiene un excelente sistema de seguridad –afirmó Matt sonriendo, a su pesar.

–Eso es justamente un ejemplo de lo que no debes hacer –comentó T.J. riéndose.

–No voy a hacerlo –pero a Matt le gustaría encerrarla en su casa y tenerla solo para él.

Al salir el sol, Tasha subió de la sala de máquinas del *Crystal Zone* al puente y la zona habitable. Apenas había podido dormir a causa del recuerdo de la noche pasada con Matt y de la preocupación por el sabotaje de los yates. Como no dejaba de dar vueltas en la cama, le pareció que lo más productivo era madrugar.

Al llegar al final de la escalera de la zona habitable, su sexto sentido la puso en estado de alerta. Se quedó inmóvil y miró a su alrededor, pero todo parecía estar en orden. Sin embargo, la inquietud seguía dominándola. Frunció la nariz y se dio cuenta de que se trataba de un olor que le resultaba familiar, pero que estaba en el sitio equivocado.

No debía dejarse llevar por el pánico. El motor estaba bien y, por la ventana, veía que nadie la observaba. Dio un paso sobre el cartón que cubría el suelo para protegerlo de la grasa y el aceite. El *Crystal Zone* salía ese día en un crucero de seis días.

En ese momento oyó un ruido. Se quedó inmóvil. El ruido se repitió.

Había alguien en la cubierta de proa. La puerta de entrada crujió y ella agarró con fuerza la llave inglesa más grande que llevaba colgada del cinturón al tiempo que avanzaba sigilosamente.

–¿Matt? –era la voz de Caleb.

Tragó saliva, aliviada.

–Soy Tasha. Estoy aquí.

–¿Está Matt contigo?

–No.

–He visto la luz encendida. ¿Cómo es que has empezado a trabajar tan temprano?

–No podía dormir –respondió ella al tiempo que se volvía a poner la llave inglesa en el cinturón–. Me han dicho que Noah y Melissa se han prometido.

–En efecto. Es estupendo. ¿Te ha dicho Matt que Jules y Melissa han decidido adornar su casa por Navidad?

–Seguro que estará encantado.

–Seguro que no –comentó Caleb riéndose–. A Dianne le gustaba mucho adornar la casa. Sé que la has conocido.

–Así es.

–¿Y?

–No lo sé. Parece… triste.

–¿Triste? ¿Dianne?

Tasha pensó si sería acertado aprovechar la ocasión para pedirle a Caleb que le diera trabajo. No quería ponerlo en un compromiso pero, por otro lado, como no lo conocía mucho, él podía rehusar sin dañar sus sentimientos.

–Quería pedirte una cosa.

–Adelante –dijo él intrigado.

–Sé que Neo, tu cadena de restaurantes, se extiende por todo el país. Dianne está en una situación desesperada porque lo ha perdido todo. No tiene dinero y necesita un empleo.

–Te ha engatusado.

–No creo. Cuando se lo contó a Caleb estaba muy angustiada. Además, no me parece que sea alguien cuya primera línea de ataque sea buscar trabajo.

–Eso es cierto. No ha trabajado en su vida.

–Reconoce que no tiene muchas habilidades, pero afirma que sabe organizar fiestas. Es atractiva, refinada y se expresa muy bien.

–¿Adónde quieres ir a parar?

–Tal vez pudieras ofrecerle un puesto como organizadora de eventos. No aquí, en el este.

–Ah –Caleb pareció entenderla–. Quieres alejarla de Matt.

–Bueno, sí, y, además, darle la oportunidad de rehacer su vida. Si dice la verdad, y a mí me parece sincera, no le queda nada ni nadie a quien recurrir.

–Es culpa suya.

–No te lo discuto, pero todo el mundo comete errores. ¿Lo pensarás?

–Veré qué puedo hacer. Supongo que es la estación del año adecuada para hacer buenas obras. Si ves a Matt, dile, por favor, que quiero verlo.

–¿Puedo ayudarte en algo?

–No, solo quería avisarle de que Melissa y Jules van a ir hoy a comprar los adornos navideños, para que se vaya preparando.

–Se lo diré –afirmó Tasha sonriendo.

–Gracias.

–No, gracias a ti por ayudar a Dianne.

–Aún no he hecho nada.

–Pero vas a intentarlo.

–Sabes que eso no es asunto tuyo.

–Lo sé. Pero es duro no tener familia ni gente que te apoye.

–¿No tienes familia?

–No nos hablamos. Y, a veces, la soledad pesa.

–A mí me pasa lo mismo. Pero Jules, Melissa, Noah y T.J. son buena gente. Son mi familia. Seguro que también serán la tuya.

–Pronto se le añadirán dos nuevos miembros.

–Así es –afirmó Caleb sonriendo–. Hasta luego.

–Adiós, Caleb.

El sol ya había subido en el cielo y la inquietud de Tasha había desaparecido. Estaba contenta de haberle hablado a Caleb directamente del trabajo de Dianne sin que tuviera que intervenir Jules.

Al salir del muelle vio que Matt se dirigía hacia ella.

–Buenos días.

Él no sonrió.

–¿Pasa algo?

–Acabo de hablar con Caleb.

–Te estaba buscando –apuntó Tasha al tiempo que se preguntaba por qué fruncía Matt el ceño.

–Le has hablado de Dianne –afirmó él en tono airado.

–Solo le he preguntado si podía ayudarla.

–Sin consultarme a mí primero, ¿le pides a mi mejor amigo que dé empleo a mi exesposa? ¿Y si no quiere contratarla?

–Pues que lo diga. Solo le he preguntado. Puede elegir.

–Le has puesto en una situación incómoda.

–Matt, sé que tu divorcio fue muy duro y que Dianne no es una persona maravillosa. Pero es una persona y tiene problemas.

–Se los ha buscado.

–Cometió un error, y lo sabe –Tasha dejó en el suelo la caja de herramientas. Le pesaba–. Dale una oportunidad, Matt.

–No la conoces.

–No puede ser tan mala si te casaste con ella. Tuviste que quererla, ¿no?

–No estoy seguro de haberlo hecho.

–¿Qué? –Tasha no se imaginaba casándose con alguien a quien no quisiera.

–Al principio no me di cuenta de cómo era en realidad. Parecía que deseábamos lo mismo.

Sus palabras no deberían haberla sorprendido, ya que Matt nunca había ocultado que deseaba riqueza, una buena posición social y lujos.

–No seas como ellos.

–¿Como Dianne? –preguntó él sin entender–. No soy como ella. He trabajado mucho para ganar lo que poseo, y lo valoro.

–Lo sé. Lo que quiero decir es que no te conviertas en uno de esos hombres despiadados que pertenecen a la élite y que se olvidan de la lucha diaria de la gente corriente.

–Pero Dianne es calculadora.

–Necesita trabajar. La desesperación es un poderoso factor de motivación.

–No deberías haber interferido.

–Puede que no, pero ella me da pena.

–Eres demasiado confiada.

Tasha no creía que fuera cierto, aunque no iba a seguir discutiendo. Él estaba en su derecho a enfadarse.

–Tengo que reunirme con Alex.

–Muy bien. Nos veremos más tarde.

–De acuerdo –contestó ella, aunque dudaba que él quisiera verla.

Matt entró en el Crab Shack después de comer. Caleb se hallaba en la barra hablando con Melissa, su cuñada. Matt no quería dejar pasar la discusión de aquella mañana. Se detuvo frente a Caleb.

–No era mi intención lanzarme a tu yugular esta mañana.

–Olvídalo –dijo Caleb.

Melissa les sirvió un vaso de agua helada y dijo que tenía que trabajar.

–Estaba en estado de shock –explicó Matt–. Tasha te había puesto en una situación incómoda. Esta mañana tenía que haberte dicho que no quería que lo hicieras.

–Ya está hecho.

–¿Cómo?

–Dianne tiene trabajo en el Phoenix Neo y un billete de avión para llegar allí.

–¿Por qué lo has hecho? Ni siquiera habíamos terminado de hablarlo.

–No lo he hecho por ti, Matt, sino por Dianne.

–Tiene que enfrentarse a las consecuencias de sus acciones. No eres tú quien debe rescatarla.

–No la he rescatado, sino que le he dado una oportunidad. Ha perdido dinero; te ha perdido a ti y ha perdido a ese tipo, cuando había creído que era su príncipe azul. No depende de mí, tienes razón: depende de ella. Puede ser que salga adelante en el Neo o que no lo haga, igual que cualquier otra persona contratada.

Matt tuvo que reconocer lo acertado de los argumentos de su amigo. Era justo.

–Y está en Phoenix, en vez de aquí –concluyó Caleb.

–Creo que debo agradecértelo –dijo Matt. Dio un trago de agua. Francamente, no tener que ver a Dianne era un alivio enorme.

–Claro que debes agradecérmelo, pero para eso están los amigos.

–¡Hay un incendio! –gritó, de pronto, Melissa, desde el otro lado del restaurante–. Parece que es uno de tus yates, Matt.

Matt cruzó el restaurante corriendo. Nubes de humo se alzaban al final del muelle. No distinguía qué yate estaba ardiendo, pero solo se preguntaba dónde estaría Tasha.

–Llama al 911 –gritó a Melissa mientras corría hacia la puerta. Se montó en el coche. Caleb, que había salido tras él, se sentó a su lado.

–¿Sabes qué es lo que está ardiendo? –preguntó Caleb mientras salían del aparcamiento.

–Tiene que ser uno de los barcos. El *Orca's Run* impide verlo. ¿Cómo se las ha arreglado ese tipo?

–Matt giró el volante para tomar el camino del muelle–. Si no es alguien del puerto, ¿cómo lo ha hecho? Todos están en estado de alerta.

–Veo a gente corriendo por el muelle.

–¿Ves a Tasha?

–No puedo distinguir quiénes son.

A Matt le pareció que tardaban una eternidad en llegar al aparcamiento. Corrió hacia el muelle.

–Id a por las mangueras –gritó a la cuadrilla de mantenimiento–. Abrid las bombas.

Los trabajadores siguieron el protocolo para un caso de incendio.

El yate incendiado era el *Crystal Zone*. La cabina estaba en llamas, que amenazaban el *Never Fear*. Matt miró hacia atrás y vio que los trabajadores arrastraban las largas mangueras para unirlas a las bombas, que extraerían agua del mar. Caleb los ayudaba. Pero, ¿dónde estaba Tasha?

Entonces, la vio. Estaba subiendo a la cubierta del *Salty Sea*, que estaba atracado muy cerca del yate en llamas. Había clientes en él, dos familias que iban a zarpar dos horas después. El humo era tan espeso que Matt pronto dejó de verla.

Aceleró y subió al *Salty Sea*.

–¡Tasha! –los pulmones se le llenaron de humo y se agachó rápidamente, para respirar aire más limpio. La vio conduciendo a una madre y sus dos hijos hacia la pasarela.

–Quedan cinco –gritó ella al pasar a su lado.

Matt quiso sujetarla, abrazarla, asegurarse de que estaba bien. Pero tendría que esperar. Los pasajeros necesitaban su ayuda. Se dirigió a toda prisa al camarote con los ojos llorosos. Allí estaban uno de los padres, la otra madre y los otros dos niños.

–Síganme –dijo mientras tomaba en brazos al niño más pequeño. Llegaron a la pasarela.

–Falta uno –dijo Tasha haciendo ademán de ir a buscarlo.

–¡Quédate aquí!

Ella no le hizo caso y se adentraron de nuevo en el humo. Juntos hallaron al hombre, que estaba en la cubierta superior. Matt lo guio hasta una escalera. Lo llevaron rápidamente a la pasarela y el hombre desembarcó.

Matt volvió a mirar la desastrosa escena. Ninguno de los dos dijo nada.

Caleb y los trabajadores estaban conectando las mangueras mientras Alex preparaba las bombas.

El *Crystal Zone* se había perdido y el *Never Fear* iría detrás. Estaba demasiado lejos del muelle, por lo que no le llegaría el agua de las mangueras.

Entonces, Matt lo oyó, lo olió y lo notó.

–¡Al suelo! –gritó mientras agarraba a Tasha y la lanzaba a la cubierta, la cubría con su cuerpo y cerraba los ojos con fuerza.

Los tanques de gasolina del *Never Fear* explotaron. El estruendo le resonó en los oídos, la ola de calor pasó por encima de él y quienes estaban en muelle gritaron asustados.

Matt miró hacia el muelle. Algunas personas yacían en el suelo, pero el *Crystal Zone* había detenido buena parte de la explosión.

–Estamos bien –gritó Caleb–. Estamos todos bien.

Matt miró a Tasha, que se hallaba debajo de él.

–¿Estás herida?

Ella negó con la cabeza. Tosió y, cuando habló, lo hizo con voz ahogada.

–Estoy bien –hizo una pausa–. ¡Ay, Matt!

–Lo sé.

–No entiendo quién puede haber hecho esto. Podría haber muerto gente.

–Sí –dijo él tosiendo a su vez. Se apartó de ella–. ¿Puedes moverte?

–Sí –Tasha se puso de rodillas. Él la imitó–. Has perdido dos yates.

–Tal vez tres –el *Salty Sea* también había sufrido daños.

Se oyeron en la lejanía las sirenas del coche de bomberos.

Matt tomó de la mano a Tasha.

–Tenemos que salir de aquí. Se va a incendiar también.

Caleb los esperaba al final de la pasarela. Los trabajadores intentaban apagar las llamas con el agua de las mangueras. El coche de bomberos se detuvo en el aparcamiento y los bomberos se dirigieron, con su equipo, hacia el incendio.

–¿Estás segura de que estás bien? –preguntó Matt a Tasha.

–Estás herido –dijo ella señalándole el hombro.

–Estás sangrando –observó Caleb.

–No me duele.

–Te van a tener que dar puntos –comentó ella.

–Llegará ayuda médica dentro de unos minutos. Me vendarán la herida.

Tasha miró a su alrededor. Parecía que Matt era el único herido.

—Gracias —dijo con voz temblorosa.

—Probablemente les has salvado la vida —apuntó él al tiempo que le pasaba el brazo por los hombros—. Si no hubieras sacado a aquellas familias del camarote, la explosión los hubiera afectado de lleno.

—A ti también.

Matt respiró hondo y volvió a toser.

—Han llegado los medios de comunicación —anunció Caleb.

—Hablaré con ellos enseguida.

—¿Vas a contarles lo del sabotaje? —preguntó Tasha.

—No. De momento, es mejor no decirles nada.

—Esta mañana inspeccioné el *Crystal Zone*. No había motivo alguno para que se prendiera fuego —Tasha adoptó una extraña expresión—. Vas a pensar que estoy loca. Cuando subía de la sala de máquinas, tuve la sensación de que alguien me observaba. Pero apareció Caleb y pensé que se había debido a él.

—¿Había alguien más en el yate? ¿Viste a alguien?

—A nadie más. Pero ahora…

—¿Señor Emerson? —un periodista y un fotógrafo se habían acercado a ellos.

Matt le indicó a Tasha que se fuera. Él se encargaría de contestar las preguntas y acabar de extinguir el fuego. Después se sentaría a pensar qué demonios estaba sucediendo.

# Capítulo Nueve

Tasha hubiera dado cualquier cosa por haberse sumergido durante largo rato en una bañera. Volvió a rociarse el cabello de champú para quitarse el olor a humo. Se restregó bien la piel y descubrió que tenía arañazos y cardenales. Y cuando comenzó a temblar se dijo que estaba a salvo y que Matt y todos los demás también.

La policía intervendría, por lo que, con suerte, llegarían al fondo de aquel inexplicable sabotaje. Los bomberos habían dicho que el fuego se había iniciado en las sala de máquinas. Se sabrían más detalles en los días siguientes.

Tasha cerró el grifo de la ducha, se envolvió la cabeza en una toalla, se secó y se puso un albornoz. Solo eran las ocho, pero iba acostarse porque estaba exhausta.

Llamaron a la puerta. Se sobresaltó, pero se dijo que no debía asustarse.

—¿Tasha? —era Matt—. ¿Me abres?

Estuvo a punto de decirle que no estaba vestida, pero Matt ya la había visto desnuda. Y llevaba puesto el albornoz.

—Hola —dijo él cuando ella hubo abierto.

—Hola —respondió ella reprimiendo las ganas de lanzarse a sus brazos.

–¿Cómo estás?

–Bien. Un poco dolorida. ¿Y tú?

–Bastante dolorido.

Ella se hizo a un lado para dejarlo pasar. Se sentía segura con él allí.

Matt cerró la puerta y apoyó la espalda en ella.

–Creo que aquí no estás a salvo.

–Estoy bien –estaba nerviosa, pero era una reacción natural después de la explosión.

–Creo que no tratan de sabotear los yates, Tasha, sino que van a por ti.

–Eso no tiene sentido.

–Temo por ti, Tasha.

–No sabemos…

–Me da igual lo que sepamos o no –dijo él acercándose más a ella. La agarró de las manos–. Escúchame.

–Eso es pura especulación –intentó no hacer caso de sus manos en las de ella, pero la sensación era agradable y consoladora. A pesar de vanagloriarse de lo independiente que era, allí estaba, deseando apoyarse en Matt.

–Alguien te tiene en el punto de mira y está dispuesto a provocar incendios y a hacer daño a la gente.

–¿Quién y por qué?

–No lo sé, pero necesitas protección. Quiero protegerte, Tasha. No me perdonaría que te sucediera algo.

–Estás exagerando, Matt.

–Han incendiado un yate. Quiero que te vengas a mi casa.

Era una idea peligrosa, que a Tasha le daba miedo. La mera presencia de él la desequilibraba.

–Tengo un sistema de alarma y buenas cerraduras. Y estaré allí si pasa algo.

–Te agradezco la oferta –no podía vivir bajo el mismo techo que Matt cuando tan confusos eran sus sentimientos hacia él, cuando se sentía tan atraída por él. Además, todos los empleados del puerto deportivo se enterarían.

–Soy tu jefe y, para poder trabajar, tienes que estar a salvo.

–Sabes lo que pensará la gente –afirmó ella tratando de desarrollar un argumento lógico.

–Me da igual.

–Pero a mí no.

–¿Quieres que alguien venga a vivir con nosotros?

–Eso parecería aún peor.

–Tengo una habitación de invitados –comentó él soltándole las manos y dándole un poco más de espacio–. Se trata únicamente de tu seguridad. Un criminal anda suelto y tiene que ver contigo.

Ella cerró los ojos durante unos segundos. Matt tenía razón. Iría a refugiarse tras sus cerraduras y alarmas. Sería práctica y mantendría las distancias.

–¿Tienes bañera? –preguntó ella en broma.

–Sí. Recoge tus cosas.

Ella fue a sacar la bolsa del gimnasio. Metió lo indispensable, se cambió en el cuarto de baño y, en cuestión de minutos, estaba lista.

Se sacó la llave del bolsillo y la echó. Él le quitó la bolsa de la mano. Ella fue a protestar, pero solo tardarían cinco minutos en subir la cuesta que llevaba a su casa. No merecía la pena.

Cuando entraron, el vestíbulo estaba lleno de cajas y bolsas. Y había más en el salón.

–¿Has ido de compras? –preguntó ella.

–Es obra de Jules y Melissa. Iban a poner los adornos navideños esta noche, pero, bueno… tal vez lo hagan mañana –dejó la bolsa al final del pasillo–. ¿Quieres tomar algo?

–Sí –dijo ella, que buscó un hueco en el sofá, entre las bolsas, para poder sentarse.

Matt fue a la cocina y ella, curiosa, miró dentro de una de las bolsas. Había tres muñecos de nieve. Le parecieron adorables. Los colocó en un estante que había encima de la chimenea.

–No va a haber forma de que pares, ¿verdad? –comentó Matt mirándolos con resignación.

–¿No te gustan? –preguntó ella desilusionada.

–Son bonitos –llevaba una copa de un líquido ámbar en cada mano. Tasha pensó que era coñac.

–Esta es tu primera Navidad después del divorcio –observó ella.

–Así es –le entregó una copa–. Gracias a ti, Caleb le ha dado trabajo a Dianne en Phoenix.

Por el tono, Tasha no supo si seguía enfadado.

–No vamos a volver a pelearnos, ¿verdad? –preguntó.

–No, han sucedido demasiadas cosas.

Ella volvió al sofá y dio un sorbo de coñac.

–Está delicioso.

–Es un regalo de Caleb –explicó él sentándose en el único sillón en que no había bolsas.

Matt suspiró, se recostó en el sillón y cerró los ojos. Tasha observó su hermoso rostro durante unos minutos.

–Vas a tener que ayudarme –dijo Matt abriendo los ojos.

–¿A qué?

–A comprar un barco; mejor dicho, dos.

–¿Crees que el *Salty Sea* se podrá reparar?

–Eso creo. No ha quedado destrozado, pero el *Never Fear* es un desecho en el fondo del mar –Matt dio un sorbo de coñac.

Ella dejó la copa y miró el contenido de otra de las bolsas. Había dos recipientes de cristal, velas, cuentas de cristal y una bolsa de arándanos.

–Sé lo que hay que hacer con esto.

–Y vuelta a empezar –comentó él irguiéndose en el sillón.

Tasha abrió la bolsa de las cuentas y echó una capa en los recipientes. Introdujo las velas, y puso una capa de arándanos y otra de cuentas. Mientras lo hacía, Matt se levantó y quitó las bolsas que había en la mesita de centro y el sofá y las dejó en un rincón. Después puso los recipientes en medio de la mesita y agarró un mechero.

–¿No vas a esperar a que sea Navidad? –preguntó Tasha.

–Se pueden comprar más velas –las encendió y atenuó las luces–. Es bonito.

Cuando Matt pasó a su lado, Tasha aspiró su olor. Una parte de ella deseó que aquel momento durara eternamente; otra le recordó que tenía que luchar contra aquella atracción.

–Me alegro de que estés aquí –dijo él en voz baja.

Ella tardó unos segundos en poder contestarle y se obligó a hacerlo en tono de broma.

–¿Porque necesitas a alguien que te ayude con los adornos?

–Sí, precisamente por eso –contestó él. Parecía decepcionado. Volvió a sentarse en el sillón.

–Entonces, ¿ya está? –preguntó ella tratando de que su voz sonara normal–. ¿No vamos a seguir con los adornos?

–Vamos a descansar. Ha sido un día muy largo.

–Pues a mí me pica la curiosidad –Tasha miró el contenido de otras bolsas. El la observó sonriendo. Fue colocando diversos objetos navideños hasta que encontró los elementos para montar un árbol artificial. En ese momento, Matt se levantó.

–Sabía que acabarías cediendo –dijo ella con una sonrisa burlona.

–Por la altura que pone en la caja, no conseguirás levantarlo sola.

–Hombre de poca fe.

–Mujer de poca altura.

Ella soltó una carcajada. Juntos, leyeron las instrucciones y montaron el árbol, un majestuoso abeto, que colocaron junto a la ventana.

–¿Te parece suficiente por esta noche? –preguntó él.

–Sí –contestó ella al tiempo que sentía una abrumadora necesidad de abrazarlo. Quería agradecerle que la hubiera ayudado con el árbol y que la hubiera salvado de la explosión. Pero, sobre todo, quería besarlo, hacerle el amor y pasar la noche en sus brazos. Debía controlarse.

–¿Te parece bien que me acabe el coñac en la bañera?

Él la miró con ojos brillantes.

–Sola –añadió ella.

–Lo sé.

Tasha tuvo que hacer un esfuerzo para marcharse.


A Matt no le habría debido sorprender, cuando entró en la cocina a desayunar, que Tasha ya se hubiera ido. Probablemente habría salido temprano con la esperanza de que nadie se fijara en que no había dormido en las dependencias del personal.

Quiso mandarle un mensaje para comprobar que estaba bien, pero se conformó con mirar por la ventana, mientras se tomaba un café, hasta que la vio con Alex en el muelle. Solo entonces se preparó unas tostadas y echó una ojeada a la prensa. Como era de esperar, el incendio era la noticia local y estatal más importante. Había una foto de Tasha y él bajando del *Salty Sea* después de la explosión y otra de los trabajadores luchando contra las llamas.

Jules y Melissa lo llamaron desde la entrada.

–Estoy en la cocina.

–Hemos venido a ver cómo estabas –dijo Jules– y a saber si te han gustado los adornos –al entrar en el salón, miró a su alrededor–. Vaya, ya veo que te has imbuido de espíritu navideño.

–Queda muy bonito –observó Melissa.

130

Matt no quiso decirles que era obra de Tasha y que había dormido allí.

—Los de la compañía de seguros vendrán a mediodía —comentó.

—¡Qué rapidez! —observó Jules.

—Tengo que tenerlo todo bajo control lo antes posible.

—Menos mal que ha ocurrido en temporada baja —apuntó Melissa.

—Sí, y que no ha habido heridos.

—¿Cómo estás? —preguntó T.J. entrando en ese momento en el salón.

—Bien.

—Supongo que los dos yates ya son chatarra.

—Lo confirmaré hoy. Pero no veo cómo vamos a poder salvarlos.

—Si necesitas dinero, dímelo.

Matt estuvo a punto de rechazar el ofrecimiento. No le gustaba aprovecharse de sus amigos y ya le debía un favor a Caleb por haber contratado a Dianne. Pero tenía que ser práctico. Y que T.J. le extendiera un cheque en vez de tener que explicarle la situación a un banquero aceleraría las cosas.

—Puede que lo necesite. Voy a buscar barcos nuevos.

—Nuevos yates —dijo Melissa con una sonrisa—. Eso sí que es un regalo de Navidad.

—Puedes ayudarme a probarlos.

—Cuenta conmigo.

—Gracias por haber venido a verme, chicas, pero tengo que irme a trabajar.

—Nos vamos —dijo Jules.

–Te han quedado muy bien los adornos –comentó Melissa.

Cuando se hubieron ido, T.J. miró alrededor.

–¿Qué es todo esto?

–Tasha me ha ayudado.

–¿Anoche?

–Quería que estuviera en un sitio donde hubiera un sistema de alarma. Ha dormido en la habitación de invitados.

–Lástima. ¿Va a quedarse esta noche?

–Lo hará hasta que atrapemos a ese tipo. Ojalá no me hubiera comprometido a acudir a la fiesta del alcalde esta noche.

–Si quieres, me quedo con ella.

Como T.J. le había pedido salir una vez a Tasha, a Matt no le hizo gracia la idea.

–¿Crees que voy a intentar algo? –preguntó T.J. con expresión ofendida.

–Claro que no.

–Llévala contigo.

–Detesta esas fiestas.

–Todo el mundo las detesta.

–Yo no. Sirven buena comida y bebida. Me gusta la música y la compañía suele ser agradable. Además, esta noche, todos querrán hablar del incendio, así que tal vez me entere de algo. Nunca se sabe lo que la gente puede haber visto u oído en el pueblo.

–Díselo a Tasha.

Matt reconoció que era buena idea.

–Estuvo dispuesta a ir a la fiesta anterior cuando supo que formaba parte de la investigación. Extrae información con mucha habilidad. Para alguien que detesta esas fiestas, se desenvuelve muy bien. ¿Sabías que se crio en Boston? En Beacon Hill, por lo que puede codearse con cualquiera de los invitados. Es guapa, inteligente y graciosa. Es fácil hablar con ella y es de fiar. La gente le contará lo que quiera. Perfecto.

Matt se interrumpió al ver la mirada burlona de su amigo.

—Sabes lo que está pasando, ¿verdad? —preguntó T.J.

—No.

—Te estás enamorando de Tasha.

—Creía que te referías al incendio —dijo Matt al tiempo que negaba con la cabeza.

—Hazme caso.

—Vas muy desencaminado.

Era indudable que sentía una increíble atracción por Tasha y que no solo era física. Aunque, prácticamente, lo único que hacían era discutir. Y solo se habían acostado una vez, aunque T.J. no lo sabía. Matt no pensaba en absoluto que aquello fuera amor.

—Hay señales evidentes —afirmó T.J.

—Pues te equivocas. Me voy a trabajar —Matt se dirigió a la puerta principal.

—Más vale que te vayas haciendo a la idea —dijo T.J. mientras lo seguía—. Las señales no engañan.


Oficialmente, Tasha accedió a acudir a la fiesta del alcalde porque podría hablar con gente y ver si alguien sabía algo. Si el precio a pagar era bailar con Matt, que lo fuera, pensó sonriendo.

Halló rápidamente un vestido que le gustara en el sótano de la casa de Matt: sin mangas, corto y de tul color champán. Había una caja debajo de él con unos zapatos y un bolso que iban a juego. Los zapatos no eran adecuados para bailar, pero decidió ponérselos de todos modos. Esa noche quería estar guapa para Matt.

Había elegido, primero, un vestido corto y negro, muy adecuado para la ocasión, aunque el negro no era su color.

—Tasha —gritó Matt—, tenemos que marcharnos dentro de veinte minutos.

—De acuerdo.

Entonces, vio el otro. Se probó por encima los dos frente al espejo y, suspirando, sacó el segundo de la percha. Se sintió como sus hermanas cuando se arreglaban para ir a una fiesta con la esperanza de impresionar a un hombre rico. Pero quería que Matt la encontrara hermosa.

Llevó el vestido y los zapatos a la habitación de invitados y entró en el baño, donde se desnudó. Tenía cardenales en un codo y un hombro, pero se sentía mejor que el día anterior.

Se recogió el cabello en un moño, se lavó los dientes, se maquilló un poco y se puso el vestido. No tenía muchas joyas, pero eligió unos pendientes de esmeraldas y diamantes que sus padres le habían regalado al cumplir dieciocho años. Finalmente, se calzó los zapatos. Metió el móvil y una tarjeta de crédito en el bolso y fue al encuentro de Matt.

No estaba en su dormitorio ni tampoco en el salón. Oyó ruido en la puerta principal, por lo que se dirigió hacia allí. Cuando Matt la vio se quedó inmóvil, mirándola con los ojos como platos.

–Estás preciosa.

Ella sonrió, agradecida por el cumplido.

–No sé por qué me sorprende tanto verte vestida así –añadió él tomándola de las manos–. En serio, Tasha, estás fantástica. Es una pena que te ocultes tras esas ropas anchas y esas gorras que sueles llevar.

Ella no supo qué contestar. Sabía qué debía hacer: mostrándose molesta con él por ser tan superficial. Pero no era eso lo que sentía. Estaba contenta, emocionada y excitada. Se había vestido para él y a él le había gustado.

–Tú tampoco estás mal.

El esmoquin le sentaba mejor que a ningún otro hombre.

–No quiero compartirte con nadie –afirmó él atrayéndola hacia sí.

–¿Crees que soy de tu propiedad para que puedas compartirme? –preguntó ella en tono burlón.

–Deberías ser mía. ¿Por qué no lo eres, Tasha? –se inclinó hacia ella para besarla en la boca.

Tasha lo deseaba tanto como él, por lo que le rodeó el cuello con los brazos y le devolvió el beso. Él la apretó contra sí, poniéndole una mano en la cintura mientras, con la otra, la agarraba por la barbilla para besarla con mayor profundidad. Le introdujo una pierna entre las suyas y ella sintió el deseo reptando por la parte interna de sus muslos al tiempo que se le endurecían los pezones.

Matt la besó en el cuello, le mordisqueó la oreja y le acarició la piel desnuda de la espalda. La tomó en brazos y la llevó a su habitación. Se tumbó en la cama con ella sin dejar de besarla.

—Matt —dijo ella con voz ahogada—, ¿y la fiesta? —le ardía el cuerpo, su piel anhelaba sus caricias y su boca no se saciaba del sabor de la de él.

—Olvídala —gruñó él—. Te deseo, Tasha. Te he imaginado en mi cama muchas veces.

—Yo también te deseo.

Podía ser debido a las emociones de los dos días anteriores, a que él le hubiera salvado la vida o a la intimidad de la que habían disfrutado al poner los adornos navideños. O tal vez solo se tratara de química, de hormonas, pero no había conocido a nadie como él.

Se desnudaron y se abrazaron rodando por la cama. Ella acabó encima. Se sentó a horcajadas sobre él y le sonrió.

—He soñado con esto —susurró él acariciándole los senos.

—Pues puede que sea un sueño —ella también había soñado con él innumerables veces. Si aquello era un sueño, no quería despertar.

—Puede que tú seas un sueño, pero esto es real —afirmó él.

Sin esperar más, lo guio hacia su interior con la respiración entrecortada.

—¡Oh, Tasha! —gimió él.

Ella movió las caderas mientras oleadas de placer la recorrían de arriba abajo.

—No pares —dijo él siguiéndole el ritmo.

–No voy a hacerlo –contestó ella al lado de su boca. Quería decir algo más, pero se quedó sin palabras. Lo único que podía hacer era besarlo y acariciarlo. El mundo se había reducido a aquella habitación, a aquella cama, al maravilloso Matt. Se irguió para verle el rostro. Le agarró una mano y se llevó uno de los dedos a la boca. Incluso sus manos sabían de maravilla.

Él la asió por la cadera con la otra mano mientras la embestía con más fuerza arqueando la espalda. Gritó su nombre una y otra vez mientras ella se veía catapultada al abismo.

Se echó hacia delante y él la abrazó estrechamente con sus fuertes brazos y la acunó.

–Ha sido… –susurró él.

–Increíble –dijo ella con voz entrecortada.

–¿Cómo lo hemos hecho? ¿Eres mágica?

–Creía que lo eras tú.

–Lo somos juntos.

–¿Vamos a ir a la fiesta? –preguntó ella.

–No estoy dispuesto a compartirte –contestó él acariciándole la espalda.

Tasha pensó que debía reprocharle sus palabras, pero estaba tan contenta, se sentía tan feliz, que no iba a hacer nada que rompiera el hechizo.

# Capítulo Diez

Matt no quería vivir en la realidad, sino encerrarse con Tasha y no volver a salir. La había tenido en sus brazos toda la noche, se había despertado y había visto su sonrisa y se habían reído juntos mientras desayunaban.

Sin embargo, ella había insistido en ir a trabajar, por lo que, en aquel momento, Matt se hallaba en su despacho, con un investigador sentado frente a él.

—¿Quién fue la última persona que examinó el motor antes de que se declarase el incendio? —preguntó Clayton Ludlow.

—Tasha Lowell, la jefa de mis mecánicos. Viene hacia aquí, pero le garantizo que no cometió error alguno.

—No digo que lo haya hecho, pero debo determinar quién tuvo acceso a la sala de máquinas.

—Después de Tasha, no sé quién pudo entrar.

—¿Dispone de cámaras de seguridad?

—Sí.

—¿Ha repasado las imágenes?

—Por supuesto.

—¿Subió alguien más al *Crystal Zone* durante el resto del día?

—No vimos a nadie, pero Tasha tuvo la sensación de que había alguien más a bordo con ella.

–¿Vio a alguien?

–No, solo fue una sensación.

–No hay nada que yo pueda hacer con la sensación de un posible sospechoso.

–Tasha no es sospechosa –Matt quería que el investigador lo tuviera claro.

–¿Hay puntos ciegos que no aparezcan en las cámaras?

–No. Sospechamos que se trata de un sabotaje.

–Lo sé. Y también sabemos cómo se inició el fuego.

–¿Cómo lo hizo ese tipo? –preguntó Matt con interés.

–Él, o ella, dejó unos trapos manchados de grasa, que fueron los que se prendieron.

Llamaron a la puerta. Era Tasha. Matt le hizo el gesto de que entrara. Ella se sentó en la silla que había al lado de la de Clayton. Matt fue directo al grano.

–Alguien dejó trapos grasientos en la sala de máquinas. ¿Fuiste tú? –Matt no lo creía, pero no quería que Clayton pensase que trataba de encubrir a Tasha.

–No, de ninguna manera –respondió ella.

–¿En cuántos barcos trabaja al día? –preguntó Clayton a Tasha.

–De uno a seis.

–Así que está muy ocupada.

–Sí, pero no se me olvidaría algo así.

–¿En cuántos barcos trabajó el día del incendio?

–En cuatro.

–Esto es una pérdida de tiempo –comentó Matt.

Clayton no le hizo caso.

–Si no he entendido mal, fue usted la última persona que estuvo trabajando en todos los motores en los que ha habido problemas en Whiskey Bay.

–También fui yo quien descubrió el cortocircuito y la fuga de combustible que evitó otro incendio –Tasha miró a Matt. Era evidente que se le estaba agotando la paciencia–. ¿Va a acusarme de algo? –le preguntó a Clayton.

–¿Espera que lo haga?

–No.

Clayton se limitó a asentir.

–Estamos perdiendo el tiempo –repitió Matt–. El verdadero criminal anda suelto.

–Déjeme hacer mi trabajo –dijo Clayton.

–Es lo que todos deseamos.

–No he sido yo –declaró Tasha.

–Tomo nota. Ahora voy a terminar mi informe –Clayton se levantó.

–Y yo voy a seguir inspeccionando motores –dijo Tasha imitándolo–. Puede usted pensar lo que quiera de mí, pero quien intenta perjudicar el negocio de Matt sigue intentándolo. Si no quiere que se produzca otro desastre, ayúdenos a encontrarlo.

Tasha se marchó sin añadir nada más.

–Acabe su informe –dijo Matt al tiempo que se levantaba–. Pero si cree que Tasha es cómplice o sospechosa, está perdiendo su valioso tiempo.


Tasha se dirigió al muelle. Sabía que el investigador solo hacía su trabajo, pero era frustrante que malgastara su tiempo en ella en vez de buscar al verdadero culpable.

Oyó el ruido de una lancha motora acercándose a ella. Esa mañana, Alex ya había echado del muelle a un par de periodistas y a una decena de curiosos. Un hombre pilotaba la motora. Llevaba una sudadera gris con capucha. Ni siquiera se había puesto un chaleco salvavidas.

–Qué idiota –masculló Tasha. Era evidente que el tipo pretendía atracar. No se veía que llevara cámara alguna.

–Esto es propiedad privada –dijo ella haciéndole con la mano el gesto de que se alejara.

La motora siguió adelante.

–Le he dicho que esto es propiedad privada.

El hombre se llevó la mano a la oreja como si no la oyera. Tendría cincuenta y tantos años. Era raro que llevara capucha. Cuando el barco tocó el muelle, Tasha se agachó. El hombre le resultaba vagamente familiar.

–¿Nos conocemos?

Él se le acercó y, entonces, ella olió la colonia o la loción para después del afeitado que había olido la mañana en que se había incendiado el *Crystal Zone*.

–Nos hemos visto una vez –contestó el hombre levantando el brazo.

Ella se echó hacia atrás bruscamente, pero ya era demasiado tarde. Todo se volvió negro.

\*\*\*

Cuando Tasha volvió en sí, podían haber pasado minutos u horas. Estaba desorientada y le dolían las sienes. Lo primero en que pensó fue en extender el brazo para tocar a Matt, pero lo que tocó fue una pared. No, no era una pared, sino una tela. Era algo mullido, como el respaldo de un sofá, y olía a humedad.

Se obligó a abrir los ojos y parpadeó ante la débil luz. Sintió más dolor en la cabeza, se tocó y vio que tenía la sien hinchada. Entonces, lo recordó todo: el barco, al hombre y el olor. La había dejado sin sentido de un golpe en la cabeza.

—Deberías haber vuelto a casa, Tasha —dijo una voz grave.

Ella se sentó e intentó identificar de dónde procedía.

—Tu madre te echa de menos.

Tasha distinguió una figura al otro lado de la habitación, sentada en una silla de cocina.

—¿Quién es usted? ¿Dónde estoy? ¿Qué quiere?

—Estás a salvo.

—Me cuesta creerlo —miró a su alrededor. La habitación era grande. Parecía un cobertizo o un garaje. Había un banco de trabajo y herramientas de jardinería apoyadas en una pared—. ¿Dónde estoy? —puso los pies en el suelo. Era de hormigón.

Sintió frío. No había calefacción.

—Da igual. No nos quedaremos mucho tiempo.

El hombre se había quitado la capucha, pero ella no lo vio bien a causa de la escasa luz. No sabía dónde lo había visto antes. Y el olor a colonia le resultaba familiar. Era… era…

¡La colonia de su padre!

–¿Dónde está mi padre? –preguntó inclinándose hacia delante y calculando las posibilidades de vencer por la fuerza a aquel hombre.

–En Boston, como siempre. ¿Dónde iba a estar? Tasha, Tasha, Tasha, mira que eres difícil.

Ella se preguntó cuánto tiempo llevaría allí. ¿Se habría dado cuenta Matt de su desaparición? Las cámaras no la habían grabado. El hombre había llegado en barco. Así era como se había acercado al *Crystal Zone* la mañana anterior, sin que nadie lo viera.

–Fue usted quien prendió fuego a los trapos grasientos –afirmó. Le pareció que él sonreía.

–Utilicé una vela como mecha –dijo él avanzando unos pasos hacia ella–. La cera desaparece, por lo que parecería que la combustión había sido espontánea. ¿No te han enseñado que los trapos grasientos son peligrosos?

–Por supuesto. Nadie va a creer que yo haya cometido semejante error.

–No hubiera sucedido si no hubieras pasado tanto tiempo con Matt Emerson. En caso contrario, hace días que te hubieran despedido. No lo vi venir.

Tasha se quedó muda. ¿Quién era aquel hombre? ¿Cuánto tiempo llevaba vigilándola? ¿Y qué era lo que había visto? El hecho de que un desconocido supiera que se había acostado con Matt era lo que menos la preocupaba. Se hallaba en una grave situación, ya que no sabía qué pretendía hacer con ella ese hombre.

El miedo le atenazó el estómago.

***

—¿Has visto a Tasha? —preguntó Matt a Alex, a quien había encontrado en el muelle, cerca del *Orca's Run*, empujando una caja de herramientas.

—No la he visto desde esta mañana. ¿No fue a hablar con el investigador?

—Eso fue hace tres horas —Matt comenzaba a inquietarse.

—¿Has mirado en el Crab Shack?

—No. Buena idea. Gracias.

Tasha había hecho buenas migas con Jules y Melissa, lo cual agradaba a Matt. Le gustaba que encajara en su círculo de amistades.

Mientras se alejaba del muelle llamó a Jules, incapaz de esperar a llegar al restaurante.

—No sé —contestó Jules cuando le hubo hecho la pregunta—. Estoy en casa con los pies en alto. Los tengo muy hinchados.

—Lo siento. ¿Está Melissa en el restaurante?

—Supongo. ¿Pasa algo, Matt? Pareces preocupado.

—Estoy buscando a Tasha. No está en el muelle ni el edificio principal del puerto. También he mirado en las dependencias del personal, sin resultado.

—Puede que haya ido a la ciudad.

—Me lo hubiera dicho —estuvo a punto de decir a Jules que creía que el saboteador iba detrás de Tasha. Aunque carecía de pruebas, su instinto le indicaba que alguien trataba de desacreditarla. El investigador del cuerpo de bomberos ya creía

144

que ella era la culpable. Pero no quiso inquietar a Jules, que necesitaba estar relajada a causa del embarazo.

–Probablemente no sea nada –comentó en tono forzadamente alegre–. Voy a ir al Crab Shack a ver si está allí. O puede que haya ido a la ciudad a por piezas de recambio.

–Si me entero de algo te lo diré.

–Gracias. Descansa y cuida de tus bebés –Matt colgó y bajó las escaleras del aparcamiento.

–¡Matt! –gritó Caleb al tiempo que se bajaba del coche. Iba acompañado de una mujer mayor.

–¿Qué pasa?

–Te presento a Annette Lowell –dijo Caleb–. Ha ido al Crab Shack a preguntar por Tasha. Es su madre.

Matt no supo cómo reaccionar. ¿La llegada de la madre tendría relación con la desaparición de Tasha?

–Supongo que eres Matt Emerson –dijo la mujer sonriéndole amistosamente.

–En efecto –Matt no entendía nada.

–Annette ha venido a visitar a Tasha –apuntó Caleb.

–¿Te esperaba? –preguntó Matt al tiempo que pensaba que, tal vez, Tasha estuviera intentando no verla, pues sabía que no tenían buena relación.

–No, hace más de un año que no hablamos.

Matt no quiso decirle que su hija había desaparecido ya que, para empezar, ni siquiera sabía si era así. El hecho de no encontrarla podía tener una explicación lógica.

–He visto las noticias sobre el terrible incendio –dijo Annette a Matt–. Espero que puedas remplazar los yates.

–Lo haremos.

–Muy bien. Estaba deseando conocerte. No sabía que mi hija saliera con un hombre con tantas cualidades.

¿De dónde se había sacado Annette que Tasha y él salían? Entonces recordó la foto que había aparecido en el telenoticias: él rodeaba con el brazo a Tasha por los hombros y la miraba con preocupación. Annette debía de haberla visto y había llegado a la conclusión de que estaban juntos. Era evidente que la idea le gustaba.

–En estos momentos, estoy ocupado –dijo Matt mirando a Caleb para que lo ayudara. No era justo cargar a su amigo con Annette, pero él tenía que encontrar a Tasha y asegurarse de que estaba bien. Iba a ir a su casa porque cabía la posibilidad de que ella hubiera subido a descansar un rato y hubiera apagado el móvil.

–¿Te gustaría conocer a mi esposa? –preguntó Caleb a Annette–. Está embarazada y está descansando en casa, allí arriba. Vamos a tener gemelos.

Annette parecía indecisa. Era evidente que prefería quedarse con Matt.

–Buena idea –apuntó Matt–. Voy a terminar un asunto y después hablaremos.

–¿Estará Tasha? –preguntó ella.

–Desde luego.

La respuesta pareció satisfacerla y se fue con Caleb. Matt debía otro favor a su amigo.

Llamó a Melissa, que le dijo que hacía dos días que Tasha no se pasaba por el Crab Shack. Después fue a su casa, pero no la halló. Pidió, a continuación, a los trabajadores del muelle que revisaran todos los barcos, sin obtener resultado alguno, por lo que llamó a la policía.

Le dijeron que, para poder poner una denuncia, tenían que haber transcurrido veinticuatro horas desde la desaparición. Tuvieron la desfachatez de asegurarle que había desaparecido por propia voluntad, porque sabía que habían descubierto que había provocado el incendio.

Seguidamente se puso a ver las cintas de las cámaras de seguridad de esa mañana. Mientras lo hacía, Caleb entró en su despacho.

–¿Qué pasa? –preguntó este.

–No encuentro a Tasha.

–¿Tenía que estar en algún sitio en concreto?

–¡Aquí! ¡Tenía que estar aquí! –gritó Matt–. Lo siento. Estoy nervioso. Hace cuatro horas que nadie la ha visto. La policía no quiere saber nada.

–¿La policía?

–Creen que es una pirómana.

–Un momento, ve más despacio.

–Fue la última persona que estuvo a bordo del *Crystal Zone*. Han llegado a la conclusión de que lo que se prendió fuego fueron unos trapos grasientos y le echan la culpa de haberlos dejado allí a propósito.

–Eso es ridículo.

–No ha sido ella –Matt seguía mirando las imágenes–. Ahí está.

Caleb rodeó el escritorio para mirar también. Tasha recorría el muelle. Por la hora que marcaba el reloj, era después de haber hablado con el investigador del cuerpo de bomberos. Desparecía detrás del *Monty's Pride*.

–¿Adónde ha ido? –preguntó Caleb. Los dos siguieron mirando–. ¿Estaría trabajando en el *Monty's Pride*?

–Lo hemos comprobado y no estaba allí.

–¿Es posible que se haya caído al mar?

–¿Lo dices en serio? No creo que el mar la haya arrastrado.

–Estoy exagerando –observó Caleb.

–Un momento –a Matt se le acababa de ocurrir una idea–. Si abandonó el muelle sin hacer el camino de vuelta, tuvo que ser en barco.

–La cámara del Crab Shack, al enfocar desde otro ángulo, puede tener imágenes.

–Vamos –dijo Matt.


A Tasha le seguía doliendo la cabeza, aunque ya no estaba mareada. Tenía sed, pero no quería hacer ni decir nada que pudiera molestar al hombre del que era prisionera. Había visto sobresalir un bulto de la cintura de sus pantalones. Probablemente fuera una pistola.

Si recuperaba las fuerzas y él se acercaba lo suficiente, tal vez pudiera reducirlo.

–Tienes que ponerte otra ropa –afirmó el hombre. No parecía enfadado

–¿Por qué?

–Porque tienes un aspecto terrible. A tu madre no le gustaría.

–¿Conoce a mi madre?

–¿Que si la conozco? Mejor de lo que ella se conoce a sí misma.

Tasha se devanó los sesos intentando situar a aquel hombre. ¿Lo conocía de Boston? ¿Por qué usaba la colonia preferida de su padre?

–¿Por qué quería que me despidieran?

–¿No resulta evidente? Tu madre te echa de menos. Debes volver a casa.

–¿Cree que si Matt me hubiera despedido habría vuelto a Boston?

–Ah, Matt, el guapo Matt. Llevabas un bonito vestido esa noche, rojo y resplandeciente. Te parecías a tu hermana Madison.

–¿Dónde está Madison? –¿habría hecho aquel hombre algo al resto de la familia?

–¿Por qué me haces todas esas preguntas? –le reprochó–. Si quieres ver a Madison, vuelve a casa.

–Muy bien –dijo ella, dispuesta a probar otra táctica–. Me voy a casa. ¿Cuándo salimos?

–No me lo creo –observó él al tiempo que la miraba con recelo.

–¿Qué es lo que no se cree? Echo de menos a Madison y a Shelby. Estaría bien ir a verlas.

–No, no. Lo has dicho demasiado deprisa. No soy tonto.

–Sencillamente, hacía tiempo que no había pensado en ello.

–Tratas de engañarme, pero no va a servirte de nada.

–No intento engañarle. La verdad es que quiero darle lo que desea de mí.

–Primero, debes cambiarte de ropa. El vestido rojo está en el coche.

Ella volvió a sentir miedo.

–¿Cómo es que lo tiene usted?

–Estaba en tu habitación y lo agarré de ahí. Me decepciona que no te dieras cuenta. Debieras prestar más atención a un vestido tan caro. Lo he llevado a la tintorería.

Tasha pensó que, en efecto, no se había percatado de la desaparición del vestido, pero, de esa noche, lo fundamental para ella había sido hacer el amor con Matt.

–Voy a por él –dijo el hombre mientras se dirigía a la puerta.

–No voy a cambiarme delante de usted.

–No esperaba que lo hicieras –dijo él deteniéndose y volviéndose hacia ella–. Aunque no te lo parezca, soy un caballero.

–¿Cómo se llama?

–Giles.

–Muy bien, Giles. ¿Eres de Boston?

–Nacido y criado en el West End. Voy a por el vestido. Tenemos que irnos.

–¿Adónde?

–A Boston –contestó él con los ojos entrecerrados y una clara expresión de enfado.

Ella se estremeció. No podía llevársela hasta Boston como su prisionera. Se escaparía. Hallaría la forma de hacerlo. Pero ¿y si la atrapaba? ¿Qué le haría?

# Capítulo Once

Las imágenes de la cámara de seguridad del Crab Shack confirmaron los temores de Matt, ya que mostraban cómo metían a Tasha en una embarcación y se la llevaban.

–Es roja –dijo Caleb–, pero es lo único que se ve.

–Parece una lancha motora. Al menos no podrá salir de la ensenada. Algo es algo.

En ese momento, T.J. entró en el despacho.

–¿Qué pasa? Melissa me ha dicho que estabas buscando a Tasha.

–Alguien se la ha llevado.

–¿Cómo que alguien se la ha llevado? –como Matt no le contestaba, T.J. miró a Caleb.

–Enséñale las imágenes –dijo Caleb.

Matt lo hizo y T.J. lanzó una maldición.

–Matt cree que no podrán salir de la ensenada –observó Caleb.

T.J. sacó el móvil.

–Es una lancha motora. Puede que la hayan subido a un remolque o puede que haya atracado en algún punto de la ensenada –Matt se levantó–. Comenzaremos por el puerto comercial.

–¿Y la policía? –preguntó Caleb.

–¿Herb? –T.J. hablaba por teléfono–. Necesito un helicóptero.

151

Matt se volvió hacia él, sorprendido.

–Ahora –dijo T.J.–. Está bien –colgó y señaló la pantalla–. ¿Me podéis imprimir eso?

Matt llamó a Melissa, que enseguida asomó la cabeza por la puerta.

–¿Puedes imprimirle a T.J. lo que se ve en la pantalla? Me voy al puerto. ¿Me vas a llamar? –preguntó a T.J.

–En cuanto sepamos algo.

En circunstancias normales, Matt se hubiera negado a que T.J lo ayudara. Pero aquellas no eran circunstancias normales, por lo que le daba igual los recursos que utilizara su amigo. Tenía que encontrar a Tasha.

–Llamaré yo a la policía –dijo Caleb–. ¿Qué hacemos con la madre de Tasha?

T.J. y Melissa miraron a Caleb, sorprendidos.

–Está con Jules. Ha venido a ver a su hija.

–Habla con ella –dijo Matt a Caleb–. Es raro que esté aquí. Tal vez sepa algo.

Matt corrió hacia el coche y salió a toda velocidad del aparcamiento. Subió por la colina hasta la autopista y se dirigió al puerto comercial. Dejó el móvil en el asiento del copiloto por si alguien lo llamaba.

Pronto se haría de noche. Se imaginó lo aterrorizada que estaría Tasha.

Tardó media hora en llegar al puerto. Saltó por encima del torniquete de entrada. Miró las embarcaciones y contó doce motoras rojas.

–Perdone, señor –el guarda lo había seguido–. Si no tiene pase, la entrada son cinco dólares.

Matt le dio veinte.

–Quédese con el cambio.

–Gracias.

Matt se dirigió al embarcadero donde había mayor número de motoras rojas. Empezó a recorrerlo y se agachó para mirar en la primera. Se dio cuenta de que no sabía lo que buscaba. ¿Sangre en el asiento? «No, por favor. Eso no», pensó.

Aunque encontrara la motora, ¿de qué le serviría? ¿Hacia dónde habría ido el secuestrador? ¿Tendría coche? Tal vez el guarda hubiera visto algo.

Le sonó el móvil. Era T.J.

–Hemos visto una motora roja que podría ser la que buscamos.

–¿Dónde?

–A diez minutos del puerto. Toma la carretera circular y, una vez en ella, el tercer desvío a la derecha.

–T.J., aquí veo doce motoras rojas.

–La golpeó en la cabeza, por lo que no creo que se haya arriesgado a llevarla inconsciente al puerto. Y si estuviera consciente, habría gritado. El sitio donde hemos localizado la que te digo está apartado. La motora solo está sujeta por la proa. La popa está en el agua, como si alguien hubiera desembarcado con mucha prisa.

–De acuerdo –a Matt lo convenció el razonamiento de T.J.–. Creo que merece la pena que vaya a verla.

–Nosotros vamos a seguir buscando más lejos.

–Gracias –Matt volvió al coche.

Siguió con impaciencia las indicaciones de T.J. y llegó al desvío. Recorrió la estrecha carretera hasta la playa y al llegar a la última cuesta apagó el motor para descender en silencio por ella.

Vio una motora roja en el embarcadero. La marea estaba alta y la empujaba hacia la playa rocosa. Entre los árboles se divisaba un viejo edificio.

Se acercó con sigilo y vio un coche con el maletero abierto. Se aproximó más, sin hacer ruido, y escuchó atentamente.

La puerta del edificio se abrió y Matt se ocultó detrás de un árbol.

Apareció Tasha con la boca tapada con cinta adhesiva y las manos en la espalda. Llevaba puesto el vestido rojo de la fiesta. Un hombre la agarraba con fuerza del brazo.

Tasha miró el maletero abierto con los ojos como platos, aterrorizada. Intentó soltarse de la mano del hombre.

—¡Suéltala! –gritó Matt.

El hombre se volvió, sacó una pistola y lo apuntó.

Matt se quedó inmóvil.

—Será mejor que no lo hagas –dijo Matt al tiempo que lamentaba ser tan impulsivo. Había que ser idiota para abordar al secuestrador sin un plan previo.

—Sé perfectamente lo que voy a hacer –respondió el hombre con frialdad.

—Suéltala.

—¿Por qué no te apartas de mi camino?

—No vas a matarla de un tiro –dijo Matt, desesperado, mientras corría hacia él. No iba a dejar que se marchara con Tasha–. Te has tomado demasiadas molestias para traerla hasta aquí.

–¿Quién habla de matarla? –preguntó el hombre con desdén.

Matt oyó sirenas de la policía a lo lejos y respiró aliviado.

–La policía viene hacia aquí.

–¡Apártate! –gritó el hombre

–No, no te la vas a llevar.

El hombre le disparó, pero erró el tiro.

–Eso lo han oído todos los vecinos en quince kilómetros a la redonda. No vas a escaparte. Si la sueltas, lo consideraré un malentendido y podrás marcharte.

Cuál no sería la sorpresa de Matt al darse cuenta de que el hombre parecía considerar su propuesta.

–Lo que no vas a hacer es marcharte con Tasha –Matt dio un paso hacia delante.

Las sirenas se oían más cerca.

–Es tu última oportunidad –afirmó Matt mientras avanzaba otro paso.

El hombre comenzó a mirar a su alrededor, presa de la indecisión, antes de empujar a Tasha hacia un lado. Ella se cayó, y Matt corrió a su lado y la protegió con su cuerpo.

El secuestrador se montó en el coche y se fue a toda velocidad, llenándolos de polvo y piedras.

Matt le quitó a Tasha la cinta adhesiva de la boca.

–¿Estás bien?

–Se va a escapar –dijo ella con voz ahogada.

–No lo hará –Matt llamó a T.J.

T.J. controlaba la situación desde un helicóptero y, obviamente, estaba en contacto con Caleb y la policía.

–¿Sí? –dijo T.J.

–Se ha escapado en un coche rojo –le explicó Matt–. Tengo a Tasha.

–Ya lo vemos.

El helicóptero los sobrevoló.

–Solo hay una carretera de salida –dijo Matt a Tasha–. Y T.J. lo está viendo desde el aire. No tiene forma de escapar. Por favor, dime que estás bien.

–Estoy bien, aunque asustada. Ese hombre ha perdido el juicio.

–¿Te ha dicho lo que quería? ¿Por qué vas así vestida? Da igual. No digas nada –Matt se quitó la chaqueta y se la echó por los hombros–. Descansa.

La abrazó y la acunó contra su pecho. Lo único que deseaba era abrazarla. Lo demás podía esperar.

La pequeña comisaría bullía de actividad. Matt no se había apartado de Tasha desde que la había encontrado. Un inspector la estaba interrogando.

–¿Y dice usted que cree haber reconocido a Giles Malahide? –preguntó el inspector a Tasha, según los cálculos de esta, por décima vez.

–¿Por qué se lo sigue preguntando? –intervino Matt.

El inspector lo miró con cara de pocos amigos.

–Trato de hacerme una idea completa de lo

ocurrido –se volvió hacia Tasha–. Me ha dicho que le resultaba familiar.

–Su olor lo era. Llevaba la misma colonia que utiliza mi padre. Y me habló de mi madre.

–¿Qué le dijo?

–Que mi madre me echaba de menos.

–Tasha, cariño –era la voz de su madre.

Tasha negó con la cabeza, pensando que estaba peor de lo que creía. Apretó la mano de Matt esperando que la alucinación auditiva desapareciera.

–Tengo que verla –era la voz de su madre de nuevo–. Es mi hija.

Tasha se fijó en la persona que había al otro lado de la sala. Era su madre, a la que dos policías interceptaban el paso.

–¿Matt? –se dirigió a él con voz temblorosa. Matt no parecía sorprendido. ¿Su madre estaba allí?–. ¿Has llamado a mi madre? ¿Por qué lo has hecho?

–No la he llamado. Ha llegado esta mañana.

–¿Dice que Giles Malahide le habló de su madre? –preguntó el inspector.

–¿Así se apellida? –preguntó Tasha. Aunque le daba igual quién fuera, con tal de que lo metieran en la cárcel y le proporcionaran tratamiento psicológico.

–¿Qué hace él aquí? –preguntó la madre de Tasha.

Tasha alzó la vista y vio que su secuestrador pasaba esposado. Matt la abrazó rápidamente.

–Annette –gritó Gilles–. La he encontrado. La he encontrado.

–Tráiganme a esa mujer –exigió el inspector, furioso.

–¿Podemos hablar a solas? –preguntó Matt al inspector.

–Sí, síganme.

Se levantaron y recorrieron un corto pasillo hasta llegar a una salita, donde se sentaron frente al inspector.

–¿Qué pasa? –preguntó Tasha.

–Lo averiguaremos. Sé que ya me lo ha contado, pero ¿podría empezar de nuevo desde el principio? ¿Desde el momento en que creyó que se había producido un sabotaje?

Tasha estaba cansada.

–¿Hace falta que lo haga? –preguntó Matt, en el mismo tono de impaciencia que antes.

–Puedo hacerlo –dijo ella poniéndole la mano en el brazo.

–¿Estás segura?

–Sí.

Tasha volvió a contar toda la historia, desde el agua hallada en el combustible del *Orca's Run* hasta el terror que había experimentado al pensar que Giles la metería en el maletero del coche, pasando por la extraña sensación que había tenido en el *Crystal Zone*, antes del incendio. Al llegar al final, llamaron a la puerta. Se abrió y una policía asomó la cabeza por ella.

–¿Inspector?

–Pase, Elliott.

–Tenemos la declaración de Giles Malahide. Es delirante, pero corrobora todo lo que dice Annette Lowell.

–¿Mi madre lo sabía? –Tasha no podía creerlo.

–No, no –dijo rápidamente la policía–. Malahide ha actuado solo –miró al inspector al no saber cuánto podía explicarles.

–Continúe –dijo él.

–Giles trabajaba en la propiedad de los Lowell en tareas de mantenimiento.

–¿En la propiedad? –preguntó el inspector mirando a Tasha.

–Son la familia de Vincent Lowell, el de la biblioteca, la universidad y las obras sociales –explicó la agente–. Giles afirma que está enamorado de Annette y que creía que el mayor deseo de esta era que su hija Tasha volviera al hogar. Le siguió la pista y pensó que, si la despedían del puerto deportivo de Whiskey Bay, volvería a casa. Como eso no funcionó, se inclinó por una acción más directa.

A Tasha le pareció que, como Alicia, se hallaba al otro lado del espejo. El resumen de Elliott era plausible, pero no explicaba la aparición de su madre.

–¿Por qué está mi madre aquí?

–Vio su foto en el periódico, la que le sacaron en el incendio. El artículo hablaba de Matt Emerson, de su empresa y bueno… –la agente Elliott adoptó una expresión casi contrita–. Ha dicho que quería conocer a su novio.

Tasha estuvo a punto de soltar una carcajada. Se tapó la boca con la mano y echó la cabeza hacia delante.

–¿Estás bien? –preguntó Matt.

–Sí –alzó la cabeza y lanzó un profundo suspiro–. Es mi madre –miró a Matt–. Cree que eres un buen partido, que me he buscado un compañero que merece la pena y que me convertirá en una respetable mujer casada —Tasha miró a la agente Elliott—. Su mayor deseo no es que yo vuelva a Boston, sino que me case y deje de examinar motores de barcos y piezas de recambio.

—¿Tenemos una confesión completa? —preguntó el inspector a la agente.

—No ha negado nada. Tenemos más que suficiente para poder retenerlo.

El inspector cerró su cuaderno.

—Entonces, hemos terminado. Puede usted irse, señorita Lowell.

—¿Estás lista para ver a tu madre? —preguntó Matt.

Con todo lo que le había sucedido ese día, ver a su madre le parecía lo más fácil que había tenido que hacer en su vida.

—Totalmente.

—¿Estás segura?

—Sí —Tasha llevaba años enfrentándose a su madre. Podía volver a hacerlo.

Volvieron a la atestada sala de espera. Melissa, Noah, Jules, Caleb y Alex los estaban esperando. Tasha se alegró al verlos. Parecía que, a fin de cuentas, tenía una familia; sobre todo, con Matt a su lado.

Jules la abrazó.

—Si necesitas algo, sea lo que sea, pídemelo.

—Estoy contenta de que se haya acabado —dijo Tasha—. Me hubiera gustado que tuviera un final menos dramático.

–Pero al menos sabemos lo que ha pasado –observó Jules–. Ahora podemos volver a la normalidad.

–Tasha –su madre se abrió pasó entre sus amigos y la abrazó–. Estaba muy preocupada.

–Hola, mamá.

Tasha se deshizo de su abrazo con rapidez. En su familia no solían abrazarse, por lo que supuso que su madre se había limitado a imitar a Jules.

–Estás preciosa –dijo Annette admirando el vestido.

–Gracias.

–¿Estás bien? No sabía que Giles haría algo así. Tu padre lo había despedido hacía meses.

–No ha sido culpa tuya.

Matt intervino.

–Es hora de que Tasha vuelva a casa.

–Claro, claro –dijo Annette–. Hablaremos después, cariño.

Si de verdad su madre había ido en busca de una hija reformada, con un novio educado y rico, se iba a llevar una triste desilusión.


Mientras Tasha dormía, Matt había instalado a Annette en otra de las habitaciones de invitados. Después, Caleb, el mejor amigo que se podía pedir, la había invitado a cenar con Jules y con él en el Crab Shack.

En aquel momento, Matt se hallaba mirando los adornos navideños mientras se preguntaba si Tasha estaría dispuesta a acabar de decorar la casa o si tendría que recogerlos y bajarlos al sótano hasta el año siguiente.

Oyó un ruido y la vio al final del pasillo.

—Te has despertado —dijo él levantándose del sofá. Entonces vio que agarraba la bolsa del gimnasio en la que había llevado sus cosas—. ¿Qué haces?

—Volver a mi habitación.

—¿Por qué? —él sabía que, al final, se marcharía. Pero no tenía que ser inmediatamente.

—Gracias por haberme alojado en tu casa —dijo ella encaminándose a la puerta.

—Espera, no hay prisa. Estás bien aquí.

No quería que se fuera. Había esperado… No sabía exactamente el qué, pero no aquello, desde luego.

—Ya no hay peligro, por lo que las cosas pueden volver a la normalidad.

—¿Así, sin más? —Matt chasqueó los dedos.

—¿Qué te pasa, Matt?

Él la siguió al vestíbulo.

—Para empezar, tu madre está aquí.

Tasha dejó la bolsa en el suelo.

—Ya lo sé. La llamaré mañana, comeremos en su hotel y se lo explicaré todo. Se llevará una desilusión, pero ya estoy acostumbrada. Lo superará. Tiene otras dos hijas y esas son perfectas.

—Me refiero a que tu madre esta aquí, en mi casa. La he invitado a quedarse en la otra habitación de invitados.

Tasha lo miró perpleja.

—¿Por qué?

—Porque es tu madre. Y creí que te quedarías

aquí. Parecía lo lógico –Matt sabía que la relación entre ambas no era buena, pero Annette había cruzado el país para ver a Tasha. Seguro que podrían comportarse de manera civilizada durante un par de días.

–No ha sido buena idea –apuntó Tasha.

–Me ha dicho que hace años que no las veías.

–No es un secreto.

–¿No crees que ahora tienes una buena oportunidad?

Tasha se cruzó de brazos.

–Sabes por qué ha venido, ¿verdad?

–Para verte.

–Para verte a ti. Cree que he encontrado un buen partido, que he recuperado el buen juicio y que voy a empezar a organizar mi boda en cualquier momento.

–Pues yo creo que te echa de menos –dijo Matt con sinceridad. No había pasado mucho tiempo con ella, pero parecía verdaderamente preocupada por su hija.

–Ha venido porque vio la foto del periódico.

–La foto que le indicaba dónde encontrarte.

–La foto que le hizo creer que estaba con un hombre rico.

–Quédate y habla con ella –lo que Matt quería decir, en realidad, era que se quedase y hablase con él. Sin embargo, no podía decírselo. No le hacía ninguna gracia que volviera a aquella pequeña habitación oscura, donde estaría sola. Y él también se quedaría solo.

–Hasta mañana –dijo ella.

Matt no podía dejar que se fuera así.

–¿Y nosotros?

–No hay ningún «nosotros» –respondió ella. Parecía triste y cansada.

–Lo hubo anoche.

–Anoche fue anoche. Estábamos demasiado emocionados.

–Lo seguimos estando.

–Ya no hay peligro. No me hace falta seguir aquí ni que te pongas de parte de mi madre.

–No lo he hecho.

Ella agarró el picaporte.

–Te agradezco tu hospitalidad y lo que has hecho por mi madre. Pero mi vida es mía y no voy a consentir que ella la cambie ni tampoco que lo hagas tú.

–Quedarte en la habitación de invitados no va a cambiarte la vida.

–¿No? Ya echo de menos la bañera.

Él no supo si bromeaba.

–Razón de más para que te quedes.

–No, razón de más para que me vaya. Soy dura, Matt, fuerte y trabajadora. No necesito burbujas ni sales de baño ni litros y litros de agua caliente.

–No hay nada vergonzoso en que te gusten las sales de baño.

–Cenicienta se va del castillo y vuelve a casa.

–El cuento no acaba así.

–Este sí, Matt.

–Nos merecemos una oportunidad.

–Tengo que ser fuerte.

–¿Por qué ser fuerte implica que te tengas que marchar?

–Esta noche, no, Matt, por favor.

Y se marchó. Y él se quedó solo. Quiso ir detrás de ella, pero era evidente que Tasha necesitaba tiempo.

A lo largo de la noche, la mente de Tasha había funcionado a mil revoluciones por minuto, pasando del secuestro a su madre y de esta a Matt. Y vuelta a empezar. Había estado tentada de quedarse a pasar la noche con él, lo cual le daba miedo.

Matt la había tentado con su estilo de vida: la bañera, la inmensa cama… Incluso había querido adornarle el árbol de Navidad.

La atraían su fuerza, su apoyo e inteligencia, su preocupación y su amabilidad. Le habían entrado ganas de tirar por la borda hasta la última brizna de su independencia, que tanto le había costado conseguir, y lanzarse de cabeza a la opulenta forma de vida de la que él disfrutaba.

No podía consentírselo a sí misma.

–¿Tasha? –su madre interrumpió sus pensamientos. Se hallaban sentadas a una mesa del Crab Shack.

–¿Sí? –Tasha se obligó a volver al presente.

–Decía que has cambiado.

–Soy mayor –su madre también lo parecía, cosa que ella no se esperaba.

–Estás más tranquila y serena. Y el vestido que llevabas ayer es precioso.

Tasha intentó no suspirar.

–Me lo habían prestado.

–Qué pena. Deberías comprarte cosas bonitas. Que tengas un trabajo sucio no implica que no te puedas arreglar y estar guapa.

–No quiero arreglarme ni estar guapa –mientras lo decía, Tasha reconoció que era mentira. Había querido hacerlo para Matt. Y seguía queriendo que la viera guapa. Por mucho que lo intentara, no conseguía eliminar ese deseo.

–No quiero discutir, cariño.

–Yo tampoco –era verdad–. Pero soy mecánico, mamá. Y no es un trabajo que se olvida al acabar la jornada diaria. Me gusta ser fuerte, independiente, estar tranquila y vestir de manera informal.

–Lo acepto.

Su respuesta sorprendió a Tasha.

–¿En serio?

Su madre le puso la mano sobre la suya.

–No intento hacerte cambiar.

Tasha parpadeó.

–Pero ¿qué piensa Matt al respecto?

–Mamá, la vida no gira en torno a un hombre.

–Lo sé, pero no hay nada como un buen hombre para que una mujer fije sus prioridades.

Tasha ya estaba lo bastante nerviosa por la influencia de Matt en sus prioridades.

–Querrás decir que lo que un buen hombre hace es interferir en sus prioridades.

–Qué cosas dices. Cuando conocí a tu padre iba a trasladarme a Nueva York. Él me hizo cambiar de planes inmediatamente.

–¿Cambiaste una mansión en los Hamptons por otra en Beacon Hill?

–¿Qué tienes contra las casas grandes?

–No es la casa, sino el estilo de vida. ¿Te hubieras casado con un mecánico y mudado a las afueras?

Su madre no supo qué contestarle.

–Yo lo haría sin dudarlo –prosiguió Tasha–. Me parecería bien. Sin embargo, no puedo ser la esposa de alguien y dedicarme a arreglarme, acudir a fiestas, comprar nuevos yates y adornar el árbol de Navidad.

–No es lo mismo. Yo hubiera bajado en la escala social; tú, ascenderías.

Tasha retiró la mano.

–Estoy en una escala distinta.

Su madre, perpleja, entrecerró los ojos.

–No tener que trabajar por necesidad es una bendición. Cuando no trabajas, puedes hacer lo que quieras.

–Pero es que yo necesito trabajar.

–No si tú y Matt…

–Mamá, él solo es mi jefe. Y punto.

Su madre le sonrió con complicidad.

–He visto cómo te mira. Ya oigo las campanas de boda.

–Matt no quiere casarse conmigo.

Matt quería acostarse con ella, desde luego. Y ella con él. Pero era su jefe, no su novio.

–Bueno, todavía no. Las cosas no son así. Si no te hubieras ido de casa tan pronto, podría haberte enseñado muchos trucos.

–Me fui precisamente para que no me enseñaras esos jueguecitos.

–Pues son los únicos a los que merece la pena jugar.

–¡Ay, mamá!

Habían tenido la misma discusión decenas de veces. Pero Tasha no se disgustó tanto como habitualmente, lo cual era extraño. En su fuero interno, se dio cuenta de que la intención de su madre era buena.

–Quiero que estemos en contacto, cariño, ¿de acuerdo?

–De acuerdo –Tasha asintió. Había llegado a la conclusión de que debía relacionarse con su familia de otro modo. No iba a someterse a sus deseos, pero su madre parecía mucho más dispuesta a tener en cuenta su forma de ver las cosas.

El rostro de Annette se iluminó.

–Podrías venir en Navidad y traer a Matt. Así conocerá a tu padre y, bueno, ya veremos lo que sucede después.

–Estás adelantando acontecimientos, mamá.

–Puede ser, pero una madre debe tener esperanza.

# Capítulo Doce

Matt se recostó en una hamaca frente a la chimenea de gas exterior. Le encantaba la vista desde la azotea del edificio principal del puerto deportivo. Sin embargo, esa noche, el mar le parecía insulso. El cielo se había teñido de un rosa pálido mientras el sol se ponía y se acercaban nubes oscuras por el oeste. Pronto llovería, y se mojaría.

Debería importarle y debería entrar, pero no era capaz de llevar a cabo ninguna de las dos cosas.

Tasha le había pedido que se alejara de ella, y lo había hecho. Pero mantener las distancias lo estaba matando.

Oyó pasos en la escalera exterior unos segundos antes de que Caleb apareciera.

—¿Qué pasa? —preguntó a Matt.

—Nada —Matt dio un trago de cerveza sin ganas.

Caleb sacó una botella para él de la nevera.

—¿Dónde está Tasha?

—No sé.

Caleb abrió la botella y se sentó.

—Creí que estabais juntos.

—Pues no —eso era lo que Matt deseaba, pero había una distancia considerable entre lo que quería y lo que tenía.

169

–Pensaba que se había quedado contigo anoche.

–Eso fue la noche anterior, cuando estaba en peligro. Anoche se fue a casa.

–Ah.

–Sí, ah.

–Le salvaste la vida, prácticamente.

–No parece que fuera suficiente.

–¿Qué demonios ha pasado?

T.J. apareció en la escalera.

–¿A quién? –preguntó.

–A Matt –contestó Caleb–. Está tan solo que da pena.

–¿Dónde está Tasha? –preguntó T.J. Al igual que Caleb, se sirvió una cerveza.

–No voy a contarlo otra vez.

–¿El qué?

–Hay problemas en el paraíso –explicó Caleb.

–No era el paraíso –objetó Matt. Bueno, tal vez lo hubiera sido durante un instante fugaz. Se sentía fatal.

–Te portaste como un caballero andante –afirmó T.J. mientras se sentaba–. Lo vi desde el aire.

Matt alzó la botella en señal de asentimiento ante las palabras de T.J.

–Ese desgraciado me disparó.

–Entonces, ¿qué ha pasado? –preguntó T.J.

–Eso mismo le he preguntado yo –comentó Caleb.

–Anoche le pedí que se quedara, pero decidió marcharse.

–A su madre le caes muy bien, eso seguro.

–Eso es parte del problema.

–¿Le has dicho cómo te sientes? –le preguntó T.J.

–Sí.

–¿Le has dicho que estás enamorado de ella?

–Un momento –intervino Caleb–. ¿Me he perdido algo?

–Esa es una absurda teoría tuya –dijo Matt a T.J.

Ni siquiera sabía por qué su amigo estaba tan convencido de que era cierta.

Aunque, para ser sincero, Matt se imaginaba que podía ser verdad. Veía a Tasha formando parte de su vida durante mucho tiempo.

–Moviste cielo y tierra para rescatarla –apuntó Caleb.

–Era responsabilidad mía, ya que trabaja para mí. La raptaron mientras trabajaba.

–Nunca te había visto tan asustado –comentó T.J.

–Un maniaco golpea a Tasha en la cabeza y se la lleva en una lancha motora –Matt se preguntó cómo tendría que haber reaccionado–. Tú alquilaste un helicóptero, ni más ni menos.

–Me pareció que era la forma más rápida de cubrir mucho terreno.

–Pero eso no significa que estés enamorado de Tasha –apuntó Matt con el ceño fruncido. Le disgustaba incluso decirlo.

–¿Qué harías si le pidiera que saliéramos otra vez?

Matt no vaciló.

–Te pediría respetuosamente que no lo hicieras.

Caleb lanzó un bufido.

–¿Ves a qué me refiero? –le preguntó T.J.

–Eso no prueba nada –dijo Matt. Aunque tenía que reconocer que reaccionaría igual si fuera otro hombre quien le pidiera una cita. No sabía lo que haría si la viese con otro. Era suya. Tenía que serlo.

–Creo que se está dando cuenta –dijo Caleb a T.J. mientras miraba a Matt.

–Es cuestión de segundos. Imagínatela vestida de novia –apuntó T.J.

La imagen surgió de pronto en la mente de Matt. Estaba preciosa y sonreía rodeada de flores y sol. En ese momento, Matt supo que haría lo que fuera por retenerla a su lado.

–¿Cómo te sientes? –preguntó Caleb totalmente serio.

–Me siento el hombre más afortunado del planeta.

–¡Bingo! –exclamó T.J. levantando la botella de cerveza para brindar.

–Tienes que decírselo –dijo Caleb.

–No –Matt no estaba preparado para ir tan lejos.

–Tiene que saber lo que sientes –comentó T.J.

–¿Para que vuelva a rechazarme? No quiere una historia amorosa, sino su trabajo y su independencia. Quiere que todos la consideren un hombre más.

–¿Te ha dicho eso? –preguntó Caleb.

–Sí.

–¿Con esas palabras, exactamente? –preguntó T.J.

–Me ha dicho que su vida es suya y que yo no iba a cambiársela. Y que así acababa nuestra historia.

Caleb y T.J. se miraron.

–No va a haber final feliz –dijo Matt antes de acabarse la cerveza de un trago.

–Cobarde –dijo T.J.

–Gallina –dijo Caleb.

Matt se sintió insultado.

–Aquel tipo me disparó.

–Ni siquiera te rozó –apuntó T.J.

–No fue nada –comentó Caleb.

T.J se echó hacia delante apoyando las manos en las rodillas.

–Tienes que decirle a Tasha lo que sientes.

–No tengo que hacer nada. Le pedí que se quedara –repitió Matt–. Y decidió irse.

–Le pediste que se quedara a pasar la noche –afirmó T.J. en tono acusador.

–Me refería a algo más que eso.

–Pues díselo.

Caleb se levantó.

–Pídele que se quede toda la vida.

–Eso es… –pero Matt era capaz de imaginárselo.

–Precisamente lo que quieres hacer –dijo T.J.

Matt miró a sus amigos.

T.J. tenía razón. Los dos la tenían. Estaba enamorado de Tasha y debía decírselo. Tal vez lo rechazara. Pero no iba a rendirse sin pelear.

–Tendrás que llevarle un anillo –comentó T.J.

–Esas cosas funcionan mejor con anillo –afirmó Caleb.

–A Noah le fue muy bien –dijo Matt–. ¿Creéis que debo pedirle que se case conmigo delante de todos?

–¡No! –exclamaron sus dos amigos al unísono.

–Noah estaba seguro de cuál sería la respuesta –dijo T.J.

–Pensáis que va a rechazarme –era deprimente.

–No pensamos eso –apuntó Caleb.

–Tal vez –dijo T.J.–. Puede que te ayude que el anillo sea espectacular. ¿Necesitas un préstamo?

–No.

Aunque Matt no pudiera comprar inmediatamente dos yates nuevos, podía permitirse la adquisición de un deslumbrante anillo de compromiso, uno que ninguna mujer, ni siquiera Tasha, rechazaría.


Tasha había hallado la solución a su problema. No le hacía ninguna gracia, pero sabía que era la correcta. Lo que debía hacer era obvio. Escribió el nombre de Matt en el sobre y dejó la carta en la que le presentaba su renuncia al lado de la tetera, en la mesa de la cocina de su vivienda.

Alguien la encontraría al día siguiente.

Se puso la cazadora de más abrigo que tenía. Ya había hecho la maleta, que estaba en medio de la habitación. Y había metido todo lo que había podido en la bolsa del gimnasio. El resto estaba empaquetado en tres cajas de cartón que había hallado en el almacén del puerto.

Debería entregarle la carta a Matt en mano,

174

despedirse de él y explicarle su decisión. Sin embargo, temía lo que podría suceder si lo veía, temía romper a llorar o, aún peor, tenía miedo de cambiar de opinión.

Las tres noches anteriores había soñado con Matt. Habían sido sueños espectaculares en los que él la estrechaba en sus brazos y la hacía sentirse querida y segura. Despertarse le había resultado tremendamente doloroso. De día había trabajado mucho intentando desesperadamente que tanto su cuerpo como su mente quedaran agotados.

No lo había conseguido ni lo iba a conseguir.

Miró la habitación vacía mientras se armaba de valor. Tal vez fuera a Oregón o quizá a California. Allí hacía calor incluso en diciembre.

Se echó la bolsa al hombro y, cuando iba a agarrar la maleta, llamaron suavemente a la puerta.

Se le hizo un nudo en el estómago.

Al principio pensó que sería Matt, pero él no llamaba con tanta suavidad.

Volvieron a llamar.

–¿Sí?

–Soy Jules.

Tasha dejó la bolsa en el suelo. Abrió la puerta un poco y se obligó a sonreír.

–Hola.

–¿Cómo estás?

–Bien.

–Creí que te pasarías por el Crab Shack para hablar.

–He estado ocupada –Tasha se dio cuenta de que también iba a echar de menos a Jules, a Melissa, a Caleb y a T.J. Apenas conocía a Noah, pero le hubiera gustado conocerlo mejor.

–¿Estás segura de que todo va bien? –preguntó Jules en tono preocupado.

–Sí.

–Porque creí que… ¿Te importa que entre?

Tasha miró la maleta. El secreto no duraría mucho tiempo, pero no la enorgullecía marcharse sigilosamente en la oscuridad.

Jules estaba esperando y a Tasha no se le ocurría ninguna excusa plausible para no dejarla pasar.

–Claro que no –contestó al tiempo que retrocedía y abría la puerta del todo.

Jules entró, echó una mirada a su alrededor y frunció el ceño.

–¿Qué haces?

–Marcharme.

–¿Vas a casa por Navidad?

–No.

Jules no disimuló su perplejidad.

–¿Te marchas de verdad?

–Sí.

–¿Dejas el trabajo?

–Sí –contestó Tasha al tiempo que lanzaba una mirada a la carta que había encima de la mesa.

–No lo entiendo. ¿Qué ha pasado?

–Nada –Tasha volvió a agarrar la bolsa de viaje–. Me tengo que ir.

–¿Lo sabe Matt?

–Lo sabrá.

Jules vio la carta.

–¿Le has escrito?

–Es una carta de renuncia a mi puesto de trabajo –Tasha se dirigió a la puerta.

–No puedes irte –dijo Jules obstaculizándole la salida.

–No me hagas esto, Jules.

–Estás cometiendo un error –Jules sacó el móvil.

–¿Qué vas a…?

Jules se llevó el teléfono a la oreja y esperó unos segundos.

–Se marcha.

Tasha agarró la maleta e intentó rodearla, pero Jules retrocedió hasta apoyar la espalda en la puerta.

–Tasha es la que se marcha –Jules seguía hablando por teléfono.

–No seas ridícula –dijo Tasha.

–Ahora mismo. Ha hecho la maleta y lo tiene todo empaquetado.

–No me lo puedo creer –comentó Tasha al tiempo que negaba con la cabeza. Aquello se le estaba yendo de las manos.

–No sé cuánto tiempo voy a poder seguir impidiéndoselo.

–Jules, por favor –Tasha comenzaba a desesperarse. No se fiaba de sus reacciones ante Matt. Por eso le había dejado una carta.

–Date prisa –dijo Jules antes de colgar. Se apoyó con más fuerza en la puerta.

Tasha miró a su alrededor buscando una salida. Podía saltar por la ventana, pero estaba muy alta y, además, la maleta no le cabría. Probablemente se torcería un tobillo y Matt la encontraría tirada en el sendero.

–¿Qué has hecho?

–Me lo agradecerás.

–¡Qué desastre! Hemos hecho el amor.

–¿Ah, sí?

Tasha asintió bruscamente con la cabeza.

–¿Sabes lo violento que me va a resultar esto?

–Te prometo que no será así.

–Lo será –Tasha se estaba poniendo frenética–. Hay química, mucha, entre nosotros. Matt, prácticamente, me salvó la vida. No seré capaz de resistirme a él.

Jules la miró desconcertada.

–¿Y por qué tendrías que resistirte?

–Porque no voy a ser esa mujer.

–¿Qué mujer?

–La que tuvo una aventura con su jefe y perdió su credibilidad. Al final, tendría que marcharme de todos modos. Así que mejor lo hago ahora, cuando aún no he perdido la dignidad. Para mí es importante.

–Pero ¿a qué precio para tu futuro? ¿No quieres ser feliz, Tasha?

Alguien aporreó la puerta.

–Abre –gritó Matt.

Tasha retrocedió y estuvo a punto de tropezar con la maleta. La bolsa se le cayó al suelo.

Jules se echó a un lado y Matt entró.

Vio la maleta, la habitación vacía y miró a Tasha.

–¿Qué haces? –preguntó con expresión confusa y preocupada a la vez.

–Dejo el trabajo.

–¿Por qué?

–Lo sabes muy bien.

Los ojos de Matt brillaban de desesperación.

–No, no lo sé.

–No podemos seguir así, Matt.

–Así, ¿cómo? He hecho lo que me pediste: me he mantenido a distancia.

–Sí, bueno… –era verdad, pero no iba a reconocer que no le había servido de nada, ya que seguía deseándolo, echándolo de menos. Seguía…

Oh, no.

Eso no.

No quería a Matt.

–¿Tasha? –se acercó a ella–. Te has puesto pálida.

–Vete –dijo ella con voz ronca.

–No voy a hacerlo –la agarró de los brazos con suavidad.

Caleb apareció en la puerta.

–¿Qué pasa?

–Calla –le ordenó Jules.

–Tasha –Matt le acarició los brazos–. ¿No sería mejor que te sentaras?

–No –lo que tenía que hacer era marcharse.

Sin embargo, no quería hacerlo. Lo que deseaba era lanzarse a sus brazos y que la abrazara con fuerza. Pero no podía, ya que solo empeoraría las cosas.

Lo amaba y eso le partía el corazón.

–Tasha –dijo él agarrándola de las manos.

Ella miró sus manos unidas y los ojos se le llenaron de lágrimas.

–Suéltame, por favor –le pidió con la voz entre-cortada.

–No puedo.

De pronto, se oyó la voz de T.J.

–¿Qué os había…?

–¡Shhh! –dijeron Jules y Caleb a la vez.

–Mis amigos me han dicho que no lo hiciera –observó Matt mirando a Tasha a los ojos. Se lle-vó sus nudillos a los labios–. No estoy seguro de lo que vas a responderme, y sería mucho mejor que hubiera traído un anillo. Pero te quiero, Tasha. Te quiero y quiero que te cases conmigo.

El griterío que se produjo inmediatamente hizo pensar a Tasha que había oído mal.

Pero vio que Jules, Caleb y T.J. sonreían de ore-ja a oreja.

–¿Qué? –preguntó a Matt.

–Te quiero.

–Odio los vestidos –fue lo primero que se le ocurrió contestar.

–Pues cásate conmigo con los pantalones de tra-bajo–. Me da igual.

–Quieres a alguien que te acompañe a comprar yates y a elegantes fiestas y que te ayude a adornar el árbol de Navidad.

Él rio y la atrajo suavemente hacia sí.

–Yo iré a comprar los yates con él –se ofreció Caleb.

–Y yo también –dijo T.J.–. Al fin y al cabo, soy yo quien va a adelantarle el dinero.

–Dejadla hablar –intervino Jules.

–No lo has pensado bien –dijo Tasha.

–Por eso no debe declararse uno delante de otras personas –susurró Caleb a Jules, que le dio un codazo en las costillas.

–Lo he pensado muy bien.

Tasha vio que hablaba en serio y la esperanza brotó en su corazón. Quería soñar, creer.

–¿Y si cambias de opinión?

–¿Mi opinión sobre quererte? –preguntó él enarcando una ceja.

–Sobre casarte con una mujer en pantalones de trabajo.

Él le agarró el rostro con las manos.

–Tasha, te quiero tal como eres.

El corazón a ella se le aceleró.

No me imagino la vida sin ti y tus pantalones de trabajo.

–Supongo que podría volver a ponerme un vestido –observó ella sonriendo. Hizo una pausa–. Para la boda.

–¿Eso es un sí?

Ella asintió y él la abrazó estrechamente.

Sus amigos los vitorearon.

–Sí –le susurró ella al oído.

Él la besó apasionadamente.

–Enhorabuena –dijo T.J.

Matt dejó de besar a Tasha y rio encantado. Con un brazo rodeándole la cintura a Tasha, se volvió hacia sus amigos.

–Me podíais haber dejado una pizca de intimidad.

–¿Lo dices en serio? –preguntó Caleb–. Nos moríamos de ganas de saber el resultado.

–Pues ha sido estupendo –dijo Matt apretando a Tasha contra su costado.

–Enhorabuena –dijo Jules, y abrazó a Tasha.

–Tenías razón –afirmó esta.

–¿En qué?

–En que tengo que darte las gracias.

Jules sonrió.

–Lo sabía y me alegro mucho por los dos.

–Me resulta increíble que esto haya sucedido –comentó Tasha, todavía conmocionada.

–Pues a mí me resulta increíble que no lo hayas dicho –apuntó Caleb.

–Lo ha hecho –dijo Matt–. Todos la habéis visto asentir. Eso me basta. Tengo testigos.

–Pero no ha dicho que te quiere –insistió Caleb.

Matt miró a Tasha.

–Me lo has dicho, ¿verdad?

–No me acuerdo.

–¿No te acuerdas de si me quieres?

–No me acuerdo de si te lo he dicho –bromeó ella. Lo quería con toda el alma y se moría de ganas de decírselo–. Te quiero, Matt, te quiero mucho.

Él la tomó en brazos.

–Qué bien que tengas las maletas hechas –afirmó mientras se dirigía a la puerta.

–Yo llevo los bultos –se ofreció T.J.

Tasha se echó a reír. Rodeó el cuello de Matt con los brazos y apoyó la cabeza en su hombro. Había dejado de luchar. Se iban a casa.

\*\*\*

Era tarde, la noche de Nochebuena, y Tasha retrocedió para admirar cómo había adornado el árbol.

Al volver de la cocina con dos tazas de chocolate, Matt se detuvo a contemplar a su prometida, que estaba transformando la casa en un perfecto hogar.

—Por fin lo hemos adornado —dijo ella volviéndose hacia él y sonriéndole—. ¡Con nata montada! ¡Qué rica! —exclamó al ver las tazas.

Llevaba unos pantalones de chándal negros, un jersey púrpura y unos calcetines grises de lana. Se había recogido el cabello en una cola de caballo. Matt pensó que no podía estar más hermosa.

Se acercó a ella y le dio una taza.

—Está muy bueno.

—Gracias —dio un sorbo entre la nata montada. Él la besó—. Y no hay ni un solo vestido de baile a la vista.

—Esto es mucho mejor que un baile.

—Eso me suena a música celestial —ella se sentó en el sofá.

Era el momento que él había estado esperando.

—Mira la hora.

—Es medianoche —dijo ella mirando el reloj de pared.

—Es Navidad —apuntó él.

—Feliz Navidad —dijo ella sonriéndole.

Matt dejó la taza en la mesita de centro y agarró un regalo de debajo del árbol.

—Eso significa que puedes abrirlo.

—¿No vamos a esperar a mañana?

–Solo este –se sentó a su lado y le entregó una bolsita de satén verde repujada en oro y atada con un lazo dorado.

–Qué bonita –dijo Tasha. Después, con una sonrisa infantil, desató el lazo y la abrió. Miró en su interior y, a continuación, la volcó.

Cayó un anillo, un diamante de dos quilates rodeado de diminutas esmeraldas que hacían juego con el verde de sus ojos.

–Es increíble, Matt –afirmó con los ojos brillantes.

–Tú sí que eres increíble –agarró el anillo y le tomó la mano izquierda a Tasha–. Te quiero tanto, Tasha, que me muero de ganas de casarme contigo –dijo mientras se lo ponía.

–Yo también –ella estiró la mano para admirar el anillo–. Es perfecto.

–Tú sí que eres perfecta.

–Deja de hacer eso.

–¿El qué?

–Aplicarme los elogios que hago del anillo.

–El anillo no te llega a la suela del zapato –la abrazó y la besó largamente.

–Y ahora, ¿qué? –preguntó ella volviendo a mirar el anillo.

–Ahora tenemos que organizar la boda. ¿Quieres una gran boda o prefieres que solo vengan nuestros amigos? –a Matt le daba igual, con tal de que se celebrara.

–A mi madre le encantaría que fuera una gran boda.

–La has llamado, ¿verdad? –no había querido preguntárselo antes porque no sabía cómo se sentía ella ante el renovado interés de su madre por su vida.

–Esta tarde.

–Y, ¿qué tal?

–No ha cambiado, pero puedo soportarlo. Recuerda que está encantada contigo. Supongo que pondrá un anuncio en el *Boston Globe* el día de Año Nuevo.

–¿Te importa?

–Está bien que hayamos hecho las paces. Supongo que también lo estaría hacerlos felices.

–¿Te refieres a que sea una boda formal?

Tasha sonrió traviesa.

–Creo que podemos dejar que mamá tire la casa por la ventana.

Matt le puso la mano en la frente como si tuviera fiebre.

–Podría vestirme y arreglarme por una noche, con tal de que estemos casados cuando acabe.

–Estarás fantástica –se la imaginó con un ajustado vestido blanco de seda o satén y mucho encaje.

–Te gustaría, ¿verdad?

–No me quejaría.

–Entonces, hagámoslo.

Matt volvió a abrazarla estrechamente.

–Cuando me imagino el futuro, me parece maravilloso.

–Antes de que te des cuenta, tendremos hijos.

–Quiero tener hijos contigo –Matt se imaginó a una niña parecida a Tasha frente al árbol de Navidad.

Tal vez fuera porque Jules estaba embarazada, pero, de pronto, le pudo la impaciencia. Acarició el cálido vientre de Tasha.

–¿Cuándo podríamos tenerlos?

–No lo sé –contestó ella desabrochándole el primer botón de la camisa y siguiendo con todos los demás–. Vamos a averiguarlo.


No te pierdas, *Tentaciones y secretos,*
de Barbara Dunlop,
el próximo libro de la serie
Novias.
Aquí tienes un adelanto…

Mientras los recién casados comenzaban a bailar en el lujoso Crystal Club de Beacon Hill, T.J. Bauer intentó apartar de su mente los recuerdos de su boda. Hacía más de dos años que Lauren había muerto y había días en que aceptaba su pérdida con relativa serenidad. Sin embargo, había otros, como aquel, en que el dolor era intenso y la soledad le oprimía el pecho.

–¿Estás bien? –Caleb Watford se le acercó y le dio un whisky con un solo cubito de hielo, como a T.J. le gustaba.

–Muy bien.

–No seas mentiroso.

T.J. no tenía intención de ahondar en el asunto, así que indicó la pista de baile con un gesto de la cabeza.

–Matt es un tipo afortunado.

–Estoy de acuerdo.

–Se lanzó sin estar seguro –T.J. se obligó a no seguir pensando en Lauren y recordó la frenética proposición de matrimonio, sin tener ni el anillo de compromiso, que su buen amigo Matt Emerson le había hecho a Tasha cuando esta tenía las maletas a su lado porque estaba a punto de marcharse–. Creí que ella iba a rechazarlo.

–Al final, todo salió bien –Caleb sonrió.

T.J. lo imitó. Estaba verdaderamente contento de que su amigo hubiera encontrado el amor. Tasha era inteligente, hermosa y muy práctica. Era justamente lo que Matt necesitaba.

–Tú serás el siguiente –afirmó Caleb dando una palmada en el hombro a su amigo.

–No.

–Tienes que estar abierto a nuevas posibilidades.

–¿Tú remplazarías a Jules?

Caleb no contestó.

–Era justo lo que pensaba.

–Es fácil decir que no cuando la tengo frente a mí.

Los dos miraron a Jules, la esposa de Caleb. Estaba radiante tras el nacimiento de sus dos hijas gemelas, tres meses antes. En aquel momento se reía de algo que le había dicho Noah, su cuñado.

–Es duro –dijo T.J. esforzándose en expresar sus emociones en palabras. Le gustaban los hechos, no las emociones–. No es que no lo intente, pero siempre vuelvo a Lauren.

En el plano realista, T.J. sabía que Lauren no iba a regresar, así como que ella hubiera querido que él siguiera adelante. Pero ella había sido su único y verdadero amor y no se imaginaba a nadie ocupando su lugar.

–Date más tiempo –añadió Caleb.

–No me queda más remedio –comentó T.J. irónico. El tiempo seguiría pasando lo quisiese o no.

La canción terminó y Matt y Tasha se acercaron a ellos sonriendo. La falda de tul de ella flotaba en el suelo. T.J. nunca pensó que vería a la mecánico de barcos vestida de novia.

# Bianca

## Había llegado la hora de su venganza…

# EL PLACER DE LA VENGANZA

## HELEN BIANCHIN

Natalya Montgomery creía que ya había superado su separación de Alexei Delandros, pero volver a trabajar con él despertó en ella el ardor de los antiguos sentimientos y promesas que habían compartido. Sin embargo, ya no ocupaba un lugar en el corazón de Alexei y solo recibía su desprecio…

El amor por Natalya estuvo a punto de destruir a Alexei y la pasión que compartieron lo cegó ante la verdad. Sin embargo, el formidable hombre de origen griego no se dejaría engañar otra vez. Natalya tuvo que pagar por su traición de la manera más pasional que Alexei conocía, y su venganza resultó muy dulce…

# Acepte 2 de nuestras mejores novelas de amor GRATIS

## ¡Y reciba un regalo sorpresa!

## Oferta especial de tiempo limitado

**Rellene el cupón y envíelo a**
**Harlequin Reader Service®**
3010 Walden Ave.
P.O. Box 1867
Buffalo, N.Y. 14240-1867

**¡Sí!** Por favor, envíenme 2 novelas de amor de Harlequin (1 Bianca® y 1 Deseo®) gratis, más el regalo sorpresa. Luego remítanme 4 novelas nuevas todos los meses, las cuales recibiré mucho antes de que aparezcan en librerías, y factúrenme al bajo precio de $3,24 cada una, más $0,25 por envío e impuesto de ventas, si corresponde*. Este es el precio total, y es un ahorro de casi el 20% sobre el precio de portada. !Una oferta excelente! Entiendo que el hecho de aceptar estos libros y el regalo no me obliga en forma alguna a la compra de libros adicionales. Y también que puedo devolver cualquier envío y cancelar en cualquier momento. Aún si decido no comprar ningún otro libro de Harlequin, los 2 libros gratis y el regalo sorpresa son míos para siempre.

416 LBN DU7N

| Nombre y apellido | (Por favor, letra de molde) | |
| --- | --- | --- |
| Dirección | Apartamento No. | |
| Ciudad | Estado | Zona postal |

Esta oferta se limita a un pedido por hogar y no está disponible para los subscriptores actuales de Deseo® y Bianca®.
*Los términos y precios quedan sujetos a cambios sin aviso previo.
Impuestos de ventas aplican en N.Y.

SPN-03                                    ©2003 Harlequin Enterprises Limited

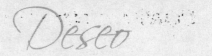

*Era su obligación proteger a la honorable jueza,
pero ¿cómo iba a proteger su corazón?*

# MÁS ALLÁ
# DEL ORGULLO

## SARAH M. ANDERSON

Nada podía impedir que el agente especial del FBI Tom Pájaro
Amarillo fuera detrás de la jueza Caroline Jennings, pues lo
había impresionado desde el momento en que la había visto.
Tenía como misión protegerla, aunque la atracción que ardía
entre ambos era demasiado fuerte como para ignorarla. Para
colmo, cuando ella se quedó embarazada, Tom perdió el poco
sentido común que le quedaba.
Cuando se desveló el turbio secreto que Caroline ocultaba, fue
el orgullo del agente especial lo que se puso en juego.